KB212646

좋은 것만, 오직 좋은 것만

좋은 것만, 오직 좋은 것만

최대호 지음

포레스트북스

————————,

바라던 행복이 온다

어린 시절, 제 행복은 이모와 함께 사시던 외할머니를 뵈러 가는 일이었어요. 저를 잘 따르는 사촌 동생들은 물론 반가운 친척들을 만날 수 있는 데다, 평소 인색하신 이모도 그날만큼은 뭐든 사주셨으니까요. 그렇게 모두 모여 즐겁게 지내고 집으로 돌아가는 날이면 할머니는 항상 제 손을 잡고는 이렇게 말씀하셨어요. 잔소리의 '잔'자와도 거리가 먼 천사 같은 할머니가 유일하게 당부하는 말씀이었죠.

"좋은 것만 보고, 좋은 것만 듣고, 늘 좋은 생각

만 해야 한다."

말에는 무게가 있다고 해요. 그래서일까요? 할머니가 돌아가신 지 10년이 지난 지금도 이 가르침은 아직도 마음속에서 묵직하게 존재감을 드러내고 있어요. 할머니께서 살아생전 20년 내내 힘주어 일러주신 이 말에는 특별한 힘이 담겨 있는 듯합니다. 저를 포함한 할머니의 아홉 손주는 각자 '좋은 것만 보고 듣고 생각하라'라는 이 말씀을 마음에 담고 각자의 터널을 통과하며 무럭무럭 자라났죠.

좋은 말은 상대방에게 생각할 거리를 줍니다. 명령처럼 직설적으로 건네는 말이 아니기에, 받는 사람이 자기만의 방법으로 곰곰이 곱씹어야 맛이 나지요. 저는 성장통을 겪는 모든 순간마다 좋은 것이 무엇인지, 행복이란 무엇일지 자주 생각했습니다. 개인적인 취향에 맞는 모든 것을 말하는 걸까요? 순간의 즐거움을 말하는 걸까요? 아니면 많은 사람이 좋다고 하는 것을 말하는 걸까요? 여러 고민 끝에, 저는 좋은 것은 '바른 것'이라는 결론을 내렸습니다. 시간이 지나도 변하지 않는 건 결국 바른 것이죠.

이 책은 여러분이 좋은 것, 즉 바른 것을 가졌을 때 주변 사람 때문에 그것을 잃지 않았으면 하는 마음에서 출발했습니다. 저는 주변 사람의 말에 휘둘리며 길을 잃느라 힘든 날이 많았고, 외롭기도 했어요. 남들이 아닌 나에게 좋은 것은 뭔지, 내가 바르다고 생각하는 가치가 진정 바른 것이 맞는지 수없이 흔들리며 지금의 모습을 찾았죠.

그러는 동안 한 뼘씩 더 성장했고, 막연하게 바라기만 했던 행복의 진짜 모양을 뚜렷하게 인식할 수 있게 되었어요. 여러분이 이 책을 통해 이제는 좋지 못한 말과 사람, 생각들을 멀리하고 각자의 삶의 경험을 통해 내린 귀중한 결정을 지켜나갔으면 좋겠습니다. 그렇게 그토록 바라던 행복을 마주하기를 바랍니다.

작가로서 살아온 지난 11년 동안 제가 꼭 지켜온 신념이 있습니다. 어느 글에서든 부정적인 감정은 담지 않는 것입니다. 제 직업은 사람들에게 좋은 것을 주는 것이라고 생각하기 때문입니다. 답답하고 아플 때마다 지금의 저와 같은 상황의 사람들에게 필요한 말이 무엇일지를 생각하며 글을 썼습니다. 이 책을 읽는 여러분도 힘들 때 고통을 삼키며 티 내지 않고 살아오셨겠지요. 묵묵히 일상에서 최선을 다했겠지요. 참 잘해왔어요. 그런 여러분께는 좋은 것만 주고 싶습니다.

이 책에 담긴 어떤 글은 공감을 자아내고, 어떤 글은 따스한 위로가 되어주고 또 어떤 글은 생각해볼 숙제를 주기도 할 것입니다. 저 역시 정답을 찾기 힘든 이 세상을 살아가는 아주 평범한 사람이기에 제가 드리는 메시지가 대단한 현자의 가르침은 아니겠지만, 확실한 것은 모든 글에 좋은 것을 주고 싶은 마음이 담겼다는 사실입니다. 책 속 문장들이 독자님의

마음에 가닿고, 흔들리고 위태로운 날들 사이 살아갈
용기를 만들어주면 좋겠습니다.

2025년 어느 겨울날
최대호

차례

2장 행복이 오지 않으면 찾아가면 그만

3장   아무 일이 없다는 건 아무 일이다

4장 목표는 딱 어제의 나보다 아주 조금 나아지는 것, 그뿐

1장

가장 좋은 것을
나에게 주고 싶다

우리는 아직도
칭찬이 필요한 어른들

초등학교 저학년 시절을 떠올리면 가장 먼저 생각나는 기억이 하나 있어요. 집에서 각자 준비해온 준비물로 작품을 만드는 수업이 있었어요. 저는 요구르트병을 열심히 모아서 학교에 가져가 고사리손으로 본드를 발라가며 기차를 만들었답니다. 무척이나 만족스러웠지요. 어머니께 보여드릴 생각에 들떴습니다. 하교한 다음 집으로 돌아가기 위해 태권도 학원 차를 탔는데, 하필 원생들이 끼여서 탈 정도로 만원 차량이 되었어요. 아무리 조심해도 요구르트 기차는 지킬 수 없었고, 결국 완전히 부서지고 말았죠.

집에 도착했을 땐 간신히 잔해만 남은 상태였어요. 어머니께 보여드리자 상황을 알 리 없는 어머니께서는 고개를 갸우뚱하며 "이게 뭐냐"고 하셨어요. 서러움에 눈물이 나더라고요. 아주 엉엉 울었습니다. 뿌듯하고 자랑하고 싶었던 마음이 무너졌지요. 유독 속상했던 이유는 칭찬받을 거라는 확신이 들었던 제 삶의 첫 순간이었기 때문이에요. 그게 다 무너져버리니 모든 게 다 원망스러웠어요. 일부러 그런 건 아니지만 몸으로 기차를 부순 태권도 학원 친구들, 지키지 못한 나 자신, 칭찬해주지 않으신 어머니까지.

시간이 지나서 기차 사건은 웃을 일로 남았지만, 나이를 먹어감에도 달라지지 않는 게 있어요. 바로 칭찬받고 싶은 마음이에요. 그런 날이 꽤 있어요. 귀찮음을 모두 이겨내고 뿌듯한 일을 한 날이나, 스스로 대견하다는 생각이 드는 순간들이요. 아이처럼 머리를 쓰다듬어주는 건 아니어도, 누군가 "잘했네",

"대단하네", "역시!" 같은 말을 해주면 기분이 참 좋아져요.

그런 기분은 한 번의 행동을 습관으로 만들게 도와주기도 해요. 해야 하는 일이어서 했을 뿐인데 좋은 말을 듣고 그날 하루가 행복해지면 그 일을 당연히 반복하고 싶어지죠. 잘하고 싶은 마음에 힘이 솟지요. 많은 사람이 좋은 말을 듣고 싶어 하는 게 그런 이유잖아요. 어쩐지 칭찬받을 나이가 아닌 것 같지만, 그래도 칭찬받으면 너무 좋아서요.

소리 내서 한번 읽어보세요.
"잘했어. 정말 고생 많았어. 오늘도 해낼 수 있을 거야."

셀프 칭찬도 당연히 효과가 있어요. 물론 주변에 예쁜 말을 해주는 친구가 있으면 더 좋고요. 독자님의 곁에 따뜻한 마음이 오래 머물길 바랍니다. 우리는 아직도 칭찬이 필요한 어른이니까요.

설렘의 기척은
어디에나 있다

아는 동생이 여행을 다녀와서 이야기해준 건데요, 비행기에서 무심코 창밖을 보니까 하늘 위에 있는 건지 우주 속에 있는 건지 모를 정도로 예쁜 별들이 무수하게 많았다고 하더라고요. 그러면서 그 별들에 대해 '큰별', '중간별', '좁쌀별'이라고 말했어요. 전문적이지 않은 그 귀여운 표현에 괜스레 가슴이 뭉클했어요. 동생은 제게 '형도 여행하며 그런 별들을 봤으면 좋겠다'고 덧붙였어요. 저는 비행기를 타면 항상 복도 쪽에 앉아서 하늘을 볼 기회가 없었는데, 동생의 말을 들으니 조금 불편해도 창가 쪽에 앉아야겠다는 생각이 드네요.

　　자신이 겪은 아름다운 경험을 아끼는 사람에게 말해주는 건 정말 용기 있는 일인 것 같아요. 좋은 것을 나누는 일은 아무와 할 수 없거든요. 건네고 받는 것은 결이 통하는 사람만이 가능한 일이니까요. 그런 사람을 만날 기회는 당연히 흔치 않고요. 아름다운 기억을 건네는 용기는 한 사람의 습관을 바꾸게 하고, 후에 그 사람은 직접 경험하며 행복을 마주하게 되겠지요.

　　살아가면서 물질적인 것 또한 정말 중요하지만, 그것만이 꼭 최고가 아닌 이유는 '마음'이 존재하기 때문이에요. 그 어떤 것으로도 비교할 수 없는 따뜻한 진심이 담긴 동생의 한마디는 지금까지도 저를 행복하게 만들어주고 있습니다.

　　이 글을 읽은 독자님도 비행기를 타신다면 큰 별, 중간별, 좁쌀별을 꼭 만나기를 바라요. 그 예쁜 경험을 꼭 해보시기를. 저는 독자님을 행복하게 만들어 드리고 싶거든요.

살짝 망했어도
이만하면 괜찮은 평화

심리학 책(『생각이 너무 많은 어른들을 위한 심리학』, 김혜남 저, 메이븐, 2023)에서 봤는데요. 긍정적인 생각과 부정적인 생각의 황금비율이 1.6:1이래요. 황금비율씩이나 되는 건데, 1.6:1이라면 꽤 할 만하다고 느꼈어요. 살다 보면 누구에게나 긍정과 부정이 교차하지요. 그런데 딱 0.6만큼의 긍정이 더 있으면 엄청 잘하고 있다는 뜻이 되네요. 좋은 생각을 두 번 했다면 한 번 정도는 부정적인 생각이 떠올라도 대단히 잘못한 건 아니라는 거죠. 긍정과 부정의 비율을 그동안 너무 어렵게만 생각했었나 봐요. 열 번 행복하다가도 한 번 힘들면 마음이 무너지고 스스로 불행하다고 생각하기도 했어요. 다가온 행복에 감사하지 못하고, 당연하다고 생각했지요. 불행이 행복보다 빈도가 더 적었음에도 더 크게, 더 깊이 느꼈어요. 아마 행복과 불행의 황금비율이 10:1 정도는 돼야 만족스러운 삶이 아닐지 하는 잘못된 기준을 세웠기 때문인 것 같아요.

며칠 전, 제 생일을 맞아 오랜만에 가족이 모였어요. 예전에는 가족이 제게 행복하게 잘 지내고 있냐고 물으면 "그냥 그렇지 뭐"라고 대답하곤 했는데, 올해부터는 달라졌어요. "그럼, 난 지금 너무 행복해!"라고 힘주어 답했지요. 사실 환경은 크게 바뀌지 않았어요. 오히려 여러 가지 급변하는 상황 탓에 작년보다 더 어려워졌을지도 모르죠. 그럼에도 이런 대답을 할 수 있는 이유는 1.6:1의 비율은 훌쩍 넘을 정도로 기쁜 날이 많기 때문이에요. 이런 마음을 가지고 더 자주 행복한 날을 만들자는 다짐도 해봅니다.

이제 자신이 생겼어요. 지금 우리 모습만 봐도 이미 황금비율 정도로는 살아가고 있지 않나요? 마냥 웃을 일만 있다면 더할 나위 없이 좋겠지만, 현실은 녹록지 않아요. 하지만 그런 현실에서도 우리는 충분히 많이 웃고, 배우며 살아가고 있지요. 이제는 스스로 칭찬해줄 수 있지 않을까요? 이렇게 잘하고 있다니, 대단해요. 지금껏 잘해왔고 앞으로 더 잘 살아낼 모두를 응원하는 마음을 담아 보내요.

나는 어떤 순간에도
자격 있는 사람

제가 본격적으로 SNS에 글을 써서 올리기 시작한 건 2014년도예요. 그때는 사용자도 지금처럼 많지 않았고 글을 올리는 사람은 더더욱 없었죠. 작가가 되겠다는 생각으로 포스팅한 게 아니라서 블루오션인 줄도 몰랐어요.

당시 저는 취업을 준비하며 아주 어려운 시간을 보내고 있었어요. 아무도 저를 찾지 않고 필요로하지 않는다고 느끼던 어두운 시간이었죠. 그런데 SNS에 제 생각을 담은 내용을 올리면 얼굴도 모르는 사람들이 읽어주고 웃어준다는 사실에 인정받는 기분이 들었어요. 잘 정리된 글도 아닌데 누군가 공감해준다는 게 그저 감사했어요. 갑갑한 나날 속에서 유일하게 숨 쉬는 공간이었지요. 그렇게 10년이라는 시간이 흘렀고, 그동안 좋은 분들 도움 덕에 몇 권의 책을 내고 작가로 활동하고 있네요.

생각해보면 모든 게 다 우연이었어요. 우연히 SNS를 했고, 우연히 글을 올려보았고, 그리고 우연히 독자들이 생겼어요. 그러니 자연스럽게 전 억세게 운이 좋은 사람이라고 생각했답니다. 주변의 인정을 받을 때도, 독자님과 실제로 만나서 응원받을 때도 '나는 그저 운이 좋았다'라는 생각이 바뀐 적은 없어요.

운의 도움을 받았다고 생각하는 데는 장점도 있었죠. 내 실력보다는 상황이 도움을 준 것이라고 여겼으니 자만할 일은 없었어요. 그저 감사하다고 자주 되뇌었어요. 그런데 최근, 10년 동안 해왔던 이 생각에 변화가 생겼어요. 넷플릭스의 〈F1, 본능의 질주〉 프로그램에 출연한 한 감독의 인터뷰를 보고 마음에 큰 울림이 생겼기 때문이에요. 영상 정지 버튼을 누르고 그 말을 기록했어요. 짧고 흔한 말인데도 유독 마음에 닿더라고요.

"결과는 오직 노력의 산물이다. 당신이 지금까지 이룬 것, 지금 당신이 누리는 것 그리고 가진 모든 것에 자랑스러워해도 된다. 왜냐하면 모두 당신이 직접 이룬 것이기 때문이다. 노력 없이 그 어떤 것도 자연적으로 발생하지 않는다."

마음속 깊숙한 곳에서 희미하게 긍정의 빛을 띤 무언가가 피어오르기 시작했어요. '그저 운 덕분이 아니라 내 노력으로 이룬 건가? 그동안 나 잘해왔나? 내 노력이 옳았나?' 하는 생각이었죠. 지나온 모든 날을 보상받는 기분이었어요.

독자님도 제 글로 인해 이런 감정을 느껴보셨으면 해요. 오늘의 내가 되기까지, 누구도 대신해주지 않았어요. 어떤 운도 저절로 성공을 만들어주지 않아요. 오로지 나 자신이 이뤄낸 결과죠. 너무 잘해

오셨어요. 오늘 스스로 칭찬하는 의미로 작은 선물을 주는 건 어떨까요? 자격이 충분한 사람이니까요.

오늘 하루 내 모습이 맘에 들지 않아도 상관없어요. 지금 상황이 어떻든 살면서 빛났던 순간이 분명히 존재할 겁니다. 만약 오늘이 만족스러운 하루가 아니었다고 해도 어제보다는 전진하셨을 거라 믿어요. 충분히 노력해온 '과거의 나'에게 미안해질 마음으로 살아가지 마시고, 대견한 '오늘의 나'를 많이 사랑해주시길 바라요.

무척 마음에 들어서 다시 반복하고 싶은 순간이 수없이 많이 존재하는, 그런 인생을 만들어나가세요. 그럴 자격 있고 능력 또한 충분한 당신입니다.

행복은
요란하게 오지 않는다

행복을 뜻하는 'happy'의 어원은 아이슬란드어 'happ'로, 행운, 우연을 뜻한다고 해요. 이 말을 들으니 그동안 '행복은 만드는 것'이라는 생각과 그 시간에 주어지는 모든 것을 흐트러지지 않게 정하고 싶었던 마음이 조금은 틀렸었나 하는 깨달음이 있네요.

그도 그럴 것이 시간이 많이 지나고도 기억나는 행복은 우연에서 비롯된 것이 많더라고요. 여행 중에 이름도 모르고 들어간 카페에서 보낸 여유로운 시간, 기차 옆자리에 앉은 노부부와의 대화, 그리고 동네를 산책하다 만난 꽃송이들과 옅은 자주색의 예

쁜 노을…. 이런 건 만들거나 미리 정할 수 없는 거잖
아요.

먼저 좋은 마음으로 가득한 꽃밭을 가꾸면 거
기에 행운이 나비처럼 찾아오는 거더라고요. 그러니
우리 행복 앞에서는 편한 마음을 가져요. 나풀나풀
날아올 나비를 기다리는 마음으로요. 그렇게 행복이
온다면, 그저 마음껏 만끽할 마음으로요.

언제나,
맞는 말보다는 좋은 말

어느 집단에나 모두의 사랑을 받는 사람이 있잖아요. 제 주변에도 몇 명 있습니다. 부럽기도 하고 닮고 싶기도 해서 그런 사람들을 지켜봤는데요, 몇 가지 특징이 있더라고요.

첫 번째는 늘 표정이 좋다는 거예요. 상황이나 체력에 따라 표정 관리가 어려울 때가 있기 마련인데, 그 사람들에게서는 좋지 않은 표정을 본 적이 거의 없어요. 그렇다 보니 언제나 다가가 말 걸기에 마음이 편안해요. 좋은 표정은 상대방을 안정시켜주는 힘이 있으니까요. 그리고 어쩌다 힘든 듯한 표정을 보일 때는 '정말 힘든 상황이구나'라는 생각이 들어서 제가 먼저 배려해주고 싶은 마음이 들더라고요.

두 번째는 행동이 조심스럽다는 거예요. 과격하거나 극단적인 행동은 주변 모두를 불안하게 만들죠. 좋은 사람들은 언행이 신중하고 자신의 감정을 조절할 줄 알아요. 무작정 자신의 욕구만 앞세우려 하지 않죠. 늘 타인과 쉽게 화합하고 중간 지점을 찾는 방법을 아는 사람들이에요. 이러한 능력은 시간이 갈수록 본인을 대접받게 만들고 남들이 함부로 여기지 못하게 만듭니다.

마지막 공통점은 맞는 말보단 좋은 말을 한다는 거예요. 저는 이게 가장 중요하다고 생각해요. 물론 맞는 말을 하는 능력도 중요하지만, 맞는 말의 절반은 부정적인 말이거든요. 부정적인 생각과 말을 멀리하는 게 좋은 사람이 되는 데 가장 큰 비중을 차지한다고 생각해요.

제가 말하는 상황은 조언이 필요한 사람에게

좋은 말만 늘어놓는 것과는 달라요. 이미 지나간 일에 대해서나, 커다란 문제에 직면했을 때 누구나 느끼고 있는 '맞는 말', 즉 지적이나 누군가의 책임을 수면 위로 끌어올리는 말보다는 '그래서 이제부터 어떻게' 할 것인지에 대해 긍정적인 태도로 집중하는 게 중요하다는 뜻이죠. 부정적인 감정에 휘둘리기보다 긍정적인 판단을 하는 것이 낫다고 생각하는 게 습관이 된 사람들이죠. 맞는 말을 하는 건 자신의 스트레스 해소에 도움이 되는 거고, 좋은 말을 하는 건 나 자신에게 도움이 되는 것은 물론 실제로 일을 해결하게 해줍니다.

저도 이 세 가지를 잊지 않고 더 많은 사람에게 사랑받는 사람이 될래요. 독자님도 오늘부터 조금씩 연습해보시는 건 어떨까요?

기분이 날씨까지
바꾸진 못한다

    요즘 날씨가 너무 좋아요. 햇살이 아름다운 날들이네요. 여유 있는 날이면 밖에서 시간을 보내며 날씨를 만끽하곤 하는데, 마음이 복잡할 때면 그러지 못해요. 빨리 집에 들어가서 일하거나 그냥 침대에 누워 쉬곤 하죠. 그런데, 내가 기쁘든 힘들든 하늘은 똑같이 예쁘네요.

    그런 것 같아요. 나에게 주어진 것은 매번 같은데 내 마음이 받아들이느냐 아니면 그렇지 못하느냐의 차이. 힘들다고 예쁜 하늘이 먹구름으로 보이는

것이 아니듯, 상황 때문에 당신이 가진 능력과 자신
감을 잃지 말자고요.

　　좋은 것은 변함이 없어요. 어렵더라도 장점을
보세요. 예쁜 구석을 찾으세요. 좋은 마음을 가진 사
람은 분명히 좋은 날 와요.

좋아한다면 포기하지 마세요.

그저 꾸준하게 해오던 일을 계속하세요.

좋아하는 마음을 담아낸 그 시간이

당신을 잘하는 사람으로 만들어줄 테니까요.

우울하면 일단
배달 앱을 열어볼 것

「체력이 곧 성격이다」라는 글을 쓴 적이 있어요. 평소 화를 잘 내거나 부정적인 마음이 많은 편은 아닌데, 체력이 떨어지면 불쑥불쑥 나쁜 생각이 떠오르더라고요. 아마 모두의 이야기일 거예요.

마음이 답답하고, 기분이 별로일 때 말이에요, 물론 상황이 정말 어려운 걸 수도 있지만 먼저 지금 내 컨디션이 나쁘진 않은지 아니면 끼니를 거른 건 아닌지 생각해보세요. 나의 좋지 않은 상태가 주어진 상황의 무게를 더 무겁게 만들기도 하거든요.

스스로 조금만 챙겨줘도 우울감은 금세 사라지기도 해요. 저도 왠지 모를 좌절감에 힘들어하다가도 일단 떡볶이를 먹으면 금방 기분이 좋아졌던 경험이 많아요. 떡볶이 먹고도 우울한 마음이 사라지지 않았다면, 일단 또 아이스크림을 먹어보세요. 갑작스럽게 찾아오는 안 좋은 감정에 속지 말아요. 알고 보면 지금 내 상태가 별로였기에 잠시 그렇게 느껴졌을 뿐이니까요.

나를 잘 챙겨주세요. 주변의 상황은 어떻게 할 수 없지만, 나를 잘 챙기는 건 언제든 할 수 있는 일이니까요. 맛있는 거 먹고, 좋아하는 것 하면서 푹 쉬는 시간도 가져보자고요.

"나를 아무리 힘들게 만들어봐라, 떡볶이 먹으면 그만이야!"

하루를 망쳤다고
세상이 무너지지는 않는다

저는 저녁 먹고 산책하는 걸 좋아해요. 산책을 나설 때마다 '오늘은 새로운 길로 가보자'라고 마음먹곤 하죠. 그러다 생각에 잠긴 채 걷는 바람에 늘 가던 길로 산책한 날도 있고, 며칠 나가지 못해서 오늘은 꼭 오랫동안 산책하리라 마음먹고 나왔는데 바로 소나기가 내려서 우산 쓰고 짧게 한 날도 있어요.

길을 잘못 들고, 비 맞으며 짧게 했어도 산책이 실패한 건 아니잖아요. 이런 날도 있고 저런 날도 있기 마련이죠. 대단히 잘된 건 아니지만 실패가 아닌 날들이죠. 지쳐서 집안일을 미루고, 바빠서 운동을 못 가도 실패한 날은 아니라는 말이에요. 너무 의미를 부여하지 않아도 돼요.

부담 갖지 맙시다. 우리에겐 내일이 있잖아요. 내일은 꼭 해내겠다는 마음을 유지하면 돼요. 실제로 이뤄내면 더할 나위 없이 훌륭하지요.

괜찮아요. 그냥 그런 날, 살면서 누구나 많이 만나는 날이거든요. 하루하루를 헤쳐나가야 할 숙제처럼 생각하지 마세요. 그저 느긋하게 페스티벌처럼, 소풍처럼 즐겨보세요. 그런데 내가 그렇게 생각하지 않는 한, 우리 인생에서 페스티벌은 열릴 수 없어요. 내가 먼저 즐길 줄 알아야 합니다.

그러니 우리, 하루의 즐거움을 잊지 말아요. 스스로 즐겁게 보내는 하루가 쌓여 축제 같은 인생을 만드는 법이니까요.

마음을 잘 가꿔야
일상이 예뻐진다

어머니를 따라 다육식물을 판매하는 정원에 가끔 가곤 해요. 저는 다육식물에 크게 관심이 없어서 여기저기 둘러보며 시간을 보내지요. 그날도 어김없이 정원 주변을 둘러보다가 하트 모양의 컵을 발견했어요. 컵이라기보다는 작은 화분이었지요. 거기에 다육식물이 심겨 있었는데, 흙도 당연히 하트였어요. 그때 느꼈어요.

'하트 모양 컵에는 뭘 담아도 하트 모양인 걸 보니, 나의 마음도 모양 자체가 예쁘면 다가오는 일들

도 모두 그렇게 담기겠구나.'

긍정적인 생각과 예쁜 말을 하는 건 단순히 순간을 위한 좋은 행동이 되는 걸 넘어서 나의 마음 모양을 가꾸는 거예요. 마음 그릇의 모양이 예쁘면 다가온 행복은 더 멋진 모양으로 담기고, 때때로 맞닥뜨리는 어려움도 잘 담아낼 수 있을 거예요.

공들여 자신에게 딱 맞는 마음의 모양을 만들어봐요. 저는 하트 모양 할게요.

다쳤다는 건
용기 냈다는 증거

    제 여행 캐리어는 흰색이에요. 많이 더러워질 것을 예상했지만, 흰색이 아무래도 가장 마음에 들어서 구매했어요. 몇 번 사용한 지금 보면 역시나 때가 많이 타서 지저분해졌지요.

    그런데 캐리어는 새것처럼 깨끗한 것보다 수하물 스티커도 덕지덕지 붙어 있고 흠도 난 게 좋은 거 아닌가요? 나와 함께 많은 곳을 여행하며 추억도 만들고 경험도 쌓았다는 뜻이니까요. 처음 본 사람이 제 캐리어만 봐도 '여행 되게 많이 했구나!'라고 생각할 거라는 게 좋아요.

우리도 마찬가지예요. 아무 좌절과 부담이 없는 깨끗한 삶보다는 제각각의 힘듦을 지니고 있다는 게 더 멋진 거예요. 때가 타고 흠이 생긴 제 캐리어처럼요. 나아지기 위해 노력한 거고, 두려움에도 용기 냈다는 증거죠.

지금은 흠집처럼 보일지라도 단순한 흠집만은 아닐 거예요. 배운 것, 느낀 것 그리고 단단해지는 방법을 배우게 만들어준 가치 있는 경험이었을 거라 믿어요.

정성을 쏟았던 결정이라면
후회하지 말 것

한 대학교에서 강연을 한 적이 있어요. 제 강연 앞에 학생회의 공연이 있었고 그다음이 저의 차례였죠. 잘 준비된 학생회 공연을 감상한 뒤, 들뜬 마음으로 강연을 시작했어요. 가장 앞줄에는 방금 공연했던 학생회 분들이 자리했더라고요.

그런데 제 강연이 시작함과 동시에 잘 준비를 하더군요. 머리를 뒤로 편하게 기대고요. 눈을 감고 잠을 청하는 모습이 아무래도 신경이 쓰여서, 애써 무시한 채 뒤쪽에 앉은 분들을 보며 열심히 행복을 전했어요. 쉽진 않았지만, 잘 들어주시는 분들이 많아서 그런대로 잘 이어갈 수 있었죠.

강연은 진행자와의 일문일답을 끝으로 마무리를 향해가고 있었어요. 그런데 갑자기 마지막으로 오늘 이 학교의 행사가 어땠는지 후기를 부탁한다고 하는 거예요. 그 짧은 순간 수십 번을 고민했어요. 그냥 좋았다고 하고 끝낼지 아니면 아쉬운 마음을 이야기할지를요.

고민 끝에 이야기를 시작했어요. "오늘 행사 구성이 참 좋았어요. 제 강연에 집중해주신 분들도 많았죠. 그런데 딱 한 가지, 앞에 앉으신 분들이 피곤해서 어쩔 수 없이 조는 것도 아니고 팔짱 끼고 대놓고 주무시는 모습에 강연자로서 아쉬운 부분이 많았어요"라고. 말하면서도 '아뿔싸!' 하는 마음이 들더라고요. '괜히 이야기했나, 좋은 게 좋은 거라고 그냥 말하지 말고 끝낼 걸 그랬나?' 하고요.

그러나 이미 엎질러진 물이고 다른 연사님이 오셨을 때 이런 상황이 반복되면 안 되니 좋은 점도 있겠다 생각하며 말을 마무리했어요. 이미 내뱉은 말이니 더 생각하고 싶지 않았어요. 후회하고 싶지도 않았고요. 그 뒤로는 숨 돌릴 시간도 없이 참석자분들께 사인해드리고 함께 사진을 찍는 시간을 갖게 됐어요. 평소에 잘 보고 있다, 강연 좋았다는 응원을 받으며 열심히 사인해드렸죠. 그러다 어떤 남학생분의 차례가 왔는데, 저한테 이런 말을 건네더라고요.

"남들은 대중에게 잘 보이려고만 하는데 작가님은 그렇지 않은 것 같아요. 꺼내기 쉽지 않은 쓴소리도 하시고요. 자신의 가치관이 확고해 보이세요. 원래도 팬이었지만, 오늘 더 팬이 됐습니다."

기분이 무척 좋았어요. 수년 전 일인데 아직도 생생해요. 어쩌면 행사의 작은 흠이 되었을지도 모를 그 순간이 나를 좋게 보는 사람에게는 더 매력을 느낄 포인트가 되었다는 사실이 신기했고요. 그날 배웠어요.

'너무 포장하지 않아도 되는구나. 솔직한 나 그대로의 모습을 좋아해주는 사람도 있구나. 모두에게 잘 보이는 것보다 더 중요한 일이 있구나.'

독자님도 삶에서 펼쳐지는 여러 사건에서 순간의 실수가 아니라 여러 차례 고민을 통해 내린 결정이라면, 후회하지 않으셨으면 해요. 자책하지도 말아주세요. 고민을 하게 된 데는 분명 이유가 있었을 거고, 다시 돌아간다고 해도 그때는 그게 맞는 선택이었을 거예요. 자기 자신을 언제나 믿어주세요.

어떤 평온은
살짝 떨어트려야 완성된다

많은 분이 그렇겠지만, 저 역시 핸드폰이 없으면 불안해요. 딱히 중요한 연락이 올 것도 아니고 당장 확인해야 할 것도 없는데 계속해서 여러 앱을 들락날락하고 뭐 재밌는 거 없는지 찾고 있지요. 어느 날은 잘 시간을 넘길 정도로 핸드폰을 쓰다가 우연히 스크린 타임을 확인했는데요, 어디 보여주기 부끄러울 정도로 많이 사용하고 있더라고요. 이건 아니다 싶었어요.

그날 이후, 핸드폰 사용에 관한 규칙을 세워 꾸준히 실천 중이에요. 잠들기 한 시간 전에는 핸드폰

안 하기, 산책이나 가볍게 외출할 때는 핸드폰 두고 나가기. 마음먹고 거리를 두다 보니 그런대로 또 괜찮더라고요. 핸드폰 없이는 못 살 줄 알았는데, 조금만 노력하면 줄일 수 있는 거였네요.

이 일을 통해 느낀 게 있어요. 핸드폰을 만지작거리는 건 걱정하는 우리의 마음과 똑 닮아 있다는 거예요. 덮어두고 멀리하면 안 해도 되는 일인 건데, 굳이 시간을 내서 펼쳐봐요. 그러면 계속해서 뭐가 나와요. 잊고 있던 것, 몰랐던 것, 그리고 알지 않아도 되는 것까지. 당장 해결해야 하는 일에 마음을 쏟는 건 필요한 일이죠. 당장 알아볼 게 있어서 핸드폰을 이용하는 것도 좋아요. 그럴 때 쓰는 거지요. 그런데 다른 것에 집중해야 하는 시간에는 굳이 열어보지 말자고요.

멀리 둘 때는 멀리 둡시다. 자주 해봐야 눈과 머리만 아파요. 주변의 좋은 것들을 놓치기도 쉽고요.

진짜 사랑은
귀찮음을 극복하는 것

저는 운동을 잘하진 못해도 꾸준히 하려는 사람이에요. 운동을 하는 건 자신을 사랑하는 방법이라고 생각해서인데요, 특히나 운동이 필요하다고 느끼는 이유는 정신적·신체적 건강 때문이에요. 올바른 정신을 만들기 위해서는 튼튼한 신체가 필요한데 그걸 채워주는 건 운동이라고 생각해요.

꼭 운동이 아니어도 객관적으로 스스로에게 좋은 일을 끈기 있게 한다면 무엇이든 좋아요. 예를 들어서 맵고 짠 음식을 먹고 싶은 마음을 누른 채 맛은 조금 떨어지더라도 건강한 음식을 선택하는 것도 나를 사랑하는 방법이에요. 조금 귀찮을지라도 편의점에서 산 인스턴트 음식으로 대충 끼니를 때우는 것보다 장을 봐서 신선한 제철 채소로 정갈한 반찬을 만들어 먹는 것도 좋겠죠. 조금 불편할지라도 허리도 펴고 바르게 앉아보고요. 살아가면서 가끔은 나에게 조금 안 좋을지라도 도파민 넘치는 자극적인 일들도 필요하지만, 그건 가끔만 만나시고요.

멀리 봤을 때 나에게 필요한 걸 많이 해주세요. 때로는 조금 귀찮고 싱거울지라도요. 귀찮다는 건 아무나 가질 수 없다는 뜻이죠. 몸에 좋은 약이 쓰다는 말도 있잖아요. 나를 내가 가장 아끼는 사람처럼 챙겨주세요.

잠들지 못하는 당신이
해야 하는 일

　　최근 생각이 많아지고 잠이 잘 오지 않아서 '잠 잘 오는 법' 영상을 찾아봤어요. 여러 영상을 봤지만, 어떤 대단한 방법은 없더라고요. 한 영상에서 일러 준, 몸에 최대한 힘을 빼라는 것 정도가 머릿속에 남았어요. 그날 밤 잠들기 전에 문득 '몸에 힘 빼기!'가 생각나길래 밑져야 본전이라는 생각에 한번 해봤답니다.

　　사실 이미 아주 편하게 누워 있었기 때문에 더 힘을 뺄 게 있나 싶기도 했어요. 의심 섞인 마음으로 영상에서 알려준 대로 얼굴 근육을 하나씩 펴고 손과

발도 축 늘어트리고 어깨도 내리며 침대에 녹아들듯이 한 곳 한 곳 긴장을 풀었어요. 그런데 너무 신기하게도 힘 뺄 곳이 많은 거예요. 많은 정도가 아니라 그동안 온몸에 힘이 들어가 있었네요. 저는 가장 편하게 누워 있다고 생각했는데, 그게 아니었나 봐요.

인지하지 않고 스스로 찾아내지 않으면 놓치는 게 이렇게 많아요. 힘들지 않다고 생각했는데 알고 보니 갑갑함을 느끼고 있었고, 스트레스인지 몰랐는데 큰 압박을 받고 있는지도 몰라요. 쉴 겨를 없이 바쁘게 살아가면서 신경 써야 하는 게 너무 많기 때문인 걸까요?

여유가 생기면 하나씩 찾아보세요. 독자님을 힘들게 한 것들이 뭐가 있는지. 그전까지는 잘 몰랐어도 인지하기만 한다면 해결책을 마련할 수 있어요. 원인을 아는 것만으로도 큰 도움이 될 거예요. 우선 오늘 잠들기 전에 저처럼 하나씩 힘 빼며 숙면하시길 바라요.

365일이 모두
안 좋을 수는 없다

　어떤 날은 용기가 생기다가도 어떤 날은 다 포기하고 싶어져요. 그러다 또 살아보고 싶어지는 날도 오죠. 저도 그래요. 그래서 책을 읽고 글을 쓰며 마음속 잔잔하게 만들기를 습관으로 하려고 노력한답니다. 그럼에도 금세 일희일비할 때도 있고, 낙담할 만한 큰일을 오히려 담담히 받아들일 때도 있어요. 저도 저를 잘 모르겠는 날이 많지요.

　독자님도 그러실 거예요. 생각도 마음도 수시로 변하는 이런 변화무쌍한 날들은 그저 날씨 같은 것으로 생각해주세요. 추운 날, 더운 날, 맑은 날, 흐린 날,

습한 날, 시원한 날, 비 오는 날, 눈 오는 날… 하물며 자연도 이런데 우리라고 별수 있나요. 날마다 긍정과 부정의 날들 그리고 뭐라 정의할 수 없는 수많은 날이 오고 가지요.

그런데 여기서 희소식은요, 1년 365일 중 '맑은 날'이 150일이 넘는다는 거예요. 흐리긴 해도 비는 오지 않는 날이나 덥거나 춥긴 해도 버틸 만한 날까지 더하면 좋은 날이 250일 언저리는 되지 않을까요? 힘들거나 괴로웠던 날이 유독 더 기억에 잘 남아서 미처 알아채지 못했을 뿐, 꽤 많은 날이 좋은 날로 있어줬어요. 감사한 일이죠.

1년의 날씨처럼 독자님의 삶에도 긍정의 방향을 가진 마음이 250일 훌쩍 넘게 찾아오길 바랄게요. 정말 그렇게 되길 바라는 마음으로 응원을 보내요.

2장

행복이 오지 않으면
찾아가면 그만

관계의 정답은 의외로
미루는 데 있다

친구를 만나고 집에 오는 내내 기분이 좋지 않았던 날이 있었어요. 친구에게 듣기 싫은 말을 들었기 때문이에요. 곰곰이 생각을 해봐도 여전히 기분이 나빠요. 그런데 다음번에 만나서 "앞으로 그런 얘기는 나한테 하지 마"라고 하기에는 욕심 같아요. 소심해 보이기도 하네요.

그렇다고 친구를 이해해보는 건 아무래도 어려울 것 같아요. 그 친구가 저를 일부러 화나게 하려고 한 건 아닌 걸 아는데도 관계가 이렇게 어렵네요. '아까 이 말을 해야 했을까, 저 말을 해야 했을까, 언제

말해야 했을까, 아니면 내가 삼키는 게 맞을까.' 계속 생각하다가 어머니가 자주 하시는 한 마디가 떠올랐어요.

"결정하는 게 어려우면 잠시 멈춰야지."

그래서 이 일에 대해 생각하는 건 일단 멈추기로 했어요. 당장 결정하지 않아도 되는 일이라면 나중에 하는 선택이 더 정답에 가깝더라고요. 욱하는 마음에 섣불리 행동했다가 서로 마음을 다칠 수 있잖아요. 여러 생각으로 뒤엉켜 복잡한 가운데 내리는 결정은 우리를 나쁜 방향으로 이끌기도 한다는 것을 기억하세요.

우리가 함부로 대하는 사람은
왜 늘 가장 사랑하는 사람일까

동네 카페에 가거나 산책할 때면 아무렇게나 세워져 있는 전동 킥보드를 보며 기분이 언짢을 때가 있어요. 차량이 다니기에도 불편하고 보행에도 방해가 되지요. 대놓고 인도를 막고 있는 킥보드를 볼 때면 같이 있던 사람에게 불평하거나 혼자 짜증을 내곤 했어요.

그러다 문득 킥보드를 막 세워놓은, 얼굴도 모르는 사람 때문에 왜 내가 아끼는 사람에게 아니면 스스로에게 불편한 감정을 표현하고 있는가 하는 생각이 들었어요. 제 모습이 좋지 않다고 느꼈어요.

우리는 가장 가까운 사람에게 좋은 이야기도 불편한 이야기도 모두 스스럼없이 꺼내곤 하지요. 가깝기에 할 수 있는 것이니까요. 그런데 이 깨달음을 얻고는 불편한 이야기는 많이 줄여야겠다 싶더라고요. 이야기를 해서 누군가 당장 바꿀 수 있다면 따끔한 조언이 되겠지만, 그 대상이 없는 상황에서 나쁜 마음을 뱉어내는 일은 이제 그만하려고요.

　　수많은 인맥 중에서 실제 만나는 사람은 아주 가까운 사람이잖아요. 가장 좋은 것만 주어도 부족한 사람이죠. 그 사람들에게 미안해졌어요. 그 누구보다 가장 아껴주어야 할 나 자신에게도 말이에요.

잘하려고 애쓸수록
더 안 풀리는 이유

최근 제 인생 취미를 만났어요. 바로 테니스예요. 유산소 운동이 건강에 좋은 건 아는데, 달리기는 하다 보면 지루하고 숨이 차면 멈추고 싶더라고요. 반면 테니스는 공을 따라가다 보니 힘든 걸 잊을 수 있고 땀도 많이 나고 재미도 있어서 자주 운동하고 있어요.

테니스 개인 지도 때마다 코치님은 가장 중요한 건 '힘 빼기'라고 강조하세요. 무작정 잘하고 싶은 마음 때문에 손에 힘이 들어가면 손목, 팔꿈치, 어깨 모두 다 굳게 된대요. 그렇게 되면 손목이나 허리를 회전하기도 어렵고 체중 이동도 안 되니 힘이 실려야 할 곳에 제대로 실릴 수가 없다고 해요. 신기하죠. 힘을 빼야 힘이 실린다는 게.

생각해보면, 힘 빼기는 모든 운동뿐만 아니라 이루고 싶은 목표를 향해가는 데도 적용돼요. 빨리 해내고 싶어서 과하게 속도 내고, 잘하고 싶어서 잔뜩 긴장한 채 어색하게 꾸며낸 상황에서는 결과가 안 나오잖아요.

아무리 힘을 줘서 화려하게 포장해도 중요한 건 안에 든 물건이지요. 목표라는 상자를 완성하는 내용물은 차근차근 쌓인 준비겠죠. 편한 마음으로 해도 이루어지는 일은 분명히 이루어져요. 힘 바짝 준다고 안 될 게 되지는 않아요. 힘을 빼는 게 무조건 이득이지요.

그러니까 이 글을 읽는 독자님도, 저도 앞으로 무언가를 할 때 힘을 좀 빼기로 해요.

과거의 나를
오늘의 내가 믿어주세요

20년지기 친구와 멀어진 경험이 있어요. 자꾸 제가 없는 자리에서 제 이야기를 하고 다니길래 몇 년간 참다가 대놓고 말했어요. 왜 자꾸 내 이야기를 하고 다니느냐고. 두 시간 가까이 서로의 입장을 이야기했는데, 끝내 미안하다는 말은 없더군요. 물론 그 친구도 억울한 게 있었겠지만, 도저히 이해하기 어려웠죠. 그 이후로 얼굴 볼 일은 없었어요.

이게 벌써 5년 전 일이에요. 오랜 시간이 지났지만, 여전히 문득 '그런 식으로 대놓고 이야기한 게 최선의 방법이었나?' 하는 생각은 들어요. 하지만 후회는 하지 않아요. 그 '당시의 제가' 그렇게 용기 낸 이유와 결정을 '오늘의 제가' 믿기 때문이에요.

시간이 지났다고 후회한다면 흐릿해진 과거의 나에게 미안할 일이겠지요. 스트레스였던 원인을 제거했기에 현재 마음이 편안한 것이지, 당시에는 아주 힘들었거든요. 그런 일이 계속해서 반복됐다면 더 큰 화를 불러왔을지도 모를 일이죠.

'그때 포기하지 말걸', '내가 더 참을걸'이라고 생각이 드는 일이 있다면, 후회하기보다는 그저 경험이었다고 생각하세요. 경험을 통해 성장하면 그뿐이죠. 포기할 정도로 힘들었기에 그만둔 거고, 참을 수 없었기에 이야기해야 했던 것 아닐까요?

단순히 시간이 흘렀다는 이유로 사라져버린 그날의 감정을 빼고 이야기하기엔 복잡한 부분이 많아요. 지나온 모든 행동을 후회하지 말라고 할 순 없겠지만, 웬만한 후회는 줄여도 된다고 말하고 싶어요. 어차피 달라지는 게 없기 때문이죠. 오직 변할 수 있는 건 앞으로 내릴 결정이에요. 그러니 과거의 나를 믿고 지나간 것은 흐르도록 두고, 새로운 것들로 채워내시지요.

흔들린다는 건
균형을 잡아가는 중이라는 것

　개인적으로 휴가를 떠날 때나 독자님들과 함께
하는 '떠나보시집' 여행 프로그램을 통해 가끔 비행
기를 탈 일이 있어요. 여행은 언제나 좋지만 긴 비행
을 하다 만나는 난기류는 매번 긴장감을 주곤 해요.
고소공포증이 심한 저에게는 유독 그렇죠. 이 두려움
을 잠재우기 위해서 비행기에 대해 조사도 많이 해봤
어요.

　정말 다행인 일은 난기류로 인해 사고가 날 확
률은 1퍼센트도 채 되지 않는다고 하네요. 안전벨트
만 잘하고 있다면 말이에요.

이렇게 찾아보면서 배운 게 있는데요, 난기류에 흔들리는 건 비행기가 단순히 바깥 상황에 휩쓸리고 있는 게 아니라 흔들리면서 기체의 균형을 잡아가는 거라고 하네요. 저는 걱정하기만 했는데, 오히려 예상치 못했던 외부 상황을 극복하려고 애쓰는 과정이라고 생각하니 고맙다는 마음이 드네요. 괜찮아지려고 흔들리는 거잖아요.

독자님도 앞으로 일이나 관계에서 노력으로 해결할 수 없는 상황 때문에 힘들어지면 '내 삶이 난기류를 만났구나'라고 여겨주세요. 무너지지 말고 힘내세요. 잠시의 어려움은 우리를 결코 무너뜨릴 수 없어요. 그리고 기억하세요. 우리는 곧 만날 평온함을 위해 지금처럼 애써보려는 의지를 가진, 강인한 사람들이에요.

마음 단단히 먹고 안전벨트만 잘하고 있으면 큰일 없이 넘어갈 상황이라는 걸, 이젠 아시겠지요. 머지않아 그동안 가고자 했던 아름다운 목적지에 안전하게 도착하기를 바라요. 그렇게 각자에게 주어진 행복을 마음껏 누릴 수 있기를. 그런 날을 함께 손꼽아 기다리겠다는 마음을 담아봅니다. 지금 흔들리고 있다면, 곧 균형을 잡을 수 있을 거라는 응원과 함께요.

나에 관한 오해는
가끔 나와는 상관없다

저는 일할 때 주로 카페에 가요. 예쁜 벽과 깔끔한 테이블에서 촬영도 하고 원고도 쓰기 위함이에요. 집에서는 집중이 잘되지 않는데, 이상하게 나가면 일이 잘되더라고요. 그런데 카페에 가면 한 가지 문제가 생겨요. 제 특징 중 하나가 귀가 좀 밝다는 건데, 굳이 들으려고 하지 않아도 주변 사람들의 대화가 너무 잘 들려서 가끔은 힘들게 느껴지죠. 반면 영감이 될 만한 좋은 이야기도 많이 듣게 돼요.

한번은 어떤 커플의 이야기가 들려오는 거예요. 귀 기울여 듣는 게 아닌데, 저는 정말 원치 않는데 이

놈의 귀가 다 듣게 만들더군요. 커플의 차분하고 진중한 대화가 이어지는데, 사람 사이의 오해에 관한 내용이었어요.

듣자 하니, 남성분은 자기 의도와 상관없이 관계에서 오해가 생길 때가 있어 고민을 겪고 계시더군요. 저에게도 해당하는 내용이라 속으로 끄덕끄덕했어요. 자연스럽게 이 고민을 들은 여성분의 답변이 기다려지더라고요.

남성분이 이야기를 마치자, 여성분이 딱 이러시는 거예요. 오해가 생기지 않는 사이는 나 자신뿐이라고. 사람이라는 건 너무도 복잡해서 앞에서는 안 그런 척하더라도 뒤에서는 뭘 숨기고 있을지 모르는 법이라고. 너도 타인을 오해하곤 하지 않냐고, 그러니 상대방에 널 오해하는 건 당연한 일이라고요. 기대 이상으로 너무 명쾌한 답인 거예요. '오해가 생기지 않는 사이는 나 자신뿐이다'라는 말이 마음에 콕 박혔어요.

그러고 보니, 저는 심지어 저를 오해하기도 해

요. 체력이 많이 떨어진 상태나 여러 상황에 마음이 복잡할 때면 나에 대해 이러쿵저러쿵 멋대로 생각하곤 하죠. 보통 이런 일은 다음 날이 되면 정리가 되니까 오해라는 단어를 붙이기에는 무리인가 싶기도 하지만요.

제 기준으로 이날 얻은 교훈을 정리해보면, 세상 사람 모두가 서로 오해가 생길 수 있는데 나를 좋아하는 사람은 그걸 담아두지 않고, 나를 싫어하는 사람은 정확하게 '오해'하고 마는 것 같아요. 또 한 번도 오해가 생기지 않는 사이는 없지만, 서로 잘 풀어나가면서 관계가 유지되는 법이지요.

무엇보다 중요한 건 내 의도예요. 내가 나쁘게 마음을 먹고 상대방을 혼란스럽게 하는 건 하면 안 되는 행동이지만, 좋은 뜻으로 한 거라면 혹여 오해가 생겨도 너무 신경 쓸 일은 아닌 것 같네요. 그리고 내가 신경 쓰는 이유는 상대를 아끼기 때문일 거고, 아낀다는 건 곧 서로 잘 맞는다는 것이니 현명하게 풀어나갈 기회가 앞으로도 많이 주어지게 될 거예요.

물론 오해 없이 다정함이 오가는 시간이 더 많으면 좋겠지요. 나 자신과도, 타인과의 사이에서도 말이에요.

누구에게나 자기만의
마음 운동법이 필요하다

제가 자주 가는 한의원이 있어요. 의사 선생님께서 아버지 후배분이라 좀 더 편하고 친근한 분위기에서 진료받곤 하죠. 어느 날은 허리가 불편해서 선생님을 뵈러 갔어요. 침도 맞고 물리치료도 받았는데, 선생님께서 몸 전체가 많이 긴장되어 있다고, 그래서 아픈 것이라 하시더라고요. 요즈음 신경이 쓰이는 일이 있지는 않은지, 자꾸만 예민해지지는 않은지 물어보시길래 최근 겪고 있는 부담스러운 상황에 대해 말씀드렸어요. 그러자 선생님께서 세 가지 조언을 해주시더라고요.

첫째, 아무것도 하지 않는 시간을 많이 만들어야 한다. 둘째, 오감을 발달시키면 마음을 잘 다스릴 수 있다. 셋째, 평온한 마음을 유지하려면 게으름부터 해결하라.

조금 더 자세히 예를 들어 설명해볼게요.

저는 책을 쓰는 직업이기 때문에 살면서 만나는 상황과 감정들을 끊임없이 기록하는 습관을 지녔어요. 그리고 그 메모를 복기하며 글을 쓰다 보니 일상에서 이런저런 생각이 끊이지 않는 것에 힘들어하고 있어요. 조금만 새로운 일을 겪거나 메시지가 있는 대화를 나누면 글로 연결해야 한다는 생각에 기민하게 반응하게 되죠.

이에 선생님은 글 쓰는 시간 외에는 명상을 통해 버려도 되는 잡념을 비워보라 하셨어요. 명상이라고 하면 보통 앉아서 하는 방식을 떠올리지만, 움직이면서 하는 '동적 명상'도 있다고 해요. 예를 들면 산책할 때 한발 한발 내딛는 것에 집중하며 그 감각을 느끼는 것도 명상이 되지요.

두 번째 조언에 관해서도 좀 더 자세히 이야기해볼게요. 산책할 때 나의 발걸음을 느끼는 것처럼 '오감'에 집중하는 것도 평온함을 찾는 데 도움이 된다고 해요. 들리는 소리, 눈에 보이는 물체나 풍경, 맡아지는 냄새, 느껴지는 맛 등 신체로 체험하는 모든 것을 그냥 지나치지 말고 한 번 더 집중해서 느껴보세요. 이 연습을 하다 보면 어지러운 생각이 자연스레 정리된다고 해요.

선생님 자신도 과거에 치열하게 살면서도 '내가 잘하고 있는 걸까?' 하는 혼란스러운 순간이 많았다고 해요. 제게 한창 일하며 살아갈 지금 나이에 고민이 많은 건 당연하니 그 당연함을 인정하면 스트레스가 조금 줄어들 거라고 하셨어요.

그리고 해야 하는 일이 많은 만큼 몇 가지는 뒤로 미루게 될 때도 있을 텐데, 그런 습관이 불안을 가중할 수 있으니 주의하라고 하셨어요. 오늘의 할 일을 깔끔하게 끝내지 않고 미루면 의식하지 않아도 정신은 계속 신경 쓰고 있기 때문이죠. 왜, 그럴 때 있잖아요. 할 일이 있는데 하지 않고 있으면 쉬면서도 마음이 편하지 않고, 놀면서도 그 상황에 완전히 집중하기 힘들죠. 이런 이유로 '잘 마무리하는 법'을 습관화하면 불안을 다스리는 데 도움이 될 거라고 일러주셨어요.

몸은 물론 마음마저 어디에서도 만날 수 없는 특별한 치료를 받은 하루네요. 선생님이 들려주신 이 세 가지 조언이 독자님들께도 도움을 줄 수 있다면 좋겠어요. 잡념과 불안에서 벗어나 평안하고 자유로운 하루를 보내시길 바랄게요. 또다시 어떤 부담되는 상황이 찾아와도, 이 세 가지를 생각하며 차근차근 이겨내보자고요.

일단 시도한 사람은
티끌이라도 얻는다

SNS를 하다 보면 당황스러운 일들이 많아요. 한 시간 넘게 걸려서 만든 영상이 전혀 반응이 없고, 자연광이 예쁘길래 아끼던 글을 적어 땀 흘리며 열심히 촬영했는데 예상한 만큼 공감을 얻지 못하기도 해요. 그러다 가볍게 툭 포스팅한 글은 또 반응이 너무 좋을 때도 있고요. 이거 참 종잡을 수가 없어요.

인생도 이런 것 같아요. 내가 예상한 대로 잘 흘러가는 일은 드물죠. 무엇보다 중요한 건 시도했다는 거예요. 열심히 했든 부담 없이 했든 시도했기에 결과를 내고 반응을 볼 수 있는 거죠. 지레 겁먹고 안 될 것 같다는 생각에 아예 시도조차 해보지 않으면 우연히 다가올 빛나는 기회 자체를 제로로 만드는 거지요.

이미 준비했거나 이유는 없지만 마음이 끌리거나 하는 근거가 있다면, 그게 뭐가 됐든 일단 해보세요. 그래야 알 수 있어요. 이게 되는 건지 안 되는 건지를 말이에요. 우리는 젊고 기회가 많아요. 한 번 실패했다고 해서 앞으로 사용할 기회가 줄어드는 게 아니니까요. 쉽게 생각해서 안 되면 다음 거 하면 되는 거니까요. 그리고 도전이란 단어를 바꿔서 생각해보세요. '도전'이라는 거창한 단어 말고 가벼운 '시도'라고 생각하면 힘도 빠지고 더 잘되는 게 사람 일이랍니다.

비 오는 날의 달리기 시합에서
승리하는 사람

하루는 친구가 같이 세차하자고 해서 만났는데요, 갑자기 재미있는 이야기를 들려준대요. 그러더니 질문을 하네요. "길도 험하고 날씨도 안 좋은 날에 두 명이 달리기 시합을 해. 누가 이겼게?"라고요. 무슨 엉뚱한 소리인가 싶어서 웃음이 났지만, 나름대로 신중하게 답을 골랐어요.

"건강한 사람?"
그랬더니 친구는 이렇게 답했어요.
"아니, 더 긍정적인 사람."

피식하고 말았는데 집에 돌아가는 길에 저도 모르게 곱씹게 되네요. 더 긍정적인 사람이라. 정말 맞는 말이잖아요. 더 긍정적인 사람이 예기치 못한 상황에도 크게 타격받지 않고 웃으며 달릴 수 있고, 그렇게 이기게 되고 결국 행복해진다는 의미로 다가오네요.

긍정적인 마음을 가지라는 말은 살면서 수도 없이 듣곤 해요. 긍정이 좋다는 건 세상 사람들 누구나 다 알지요. 하지만 상황이 안 좋아지면 부정적인 마음이 스멀스멀 올라오잖아요. 그때마다 떠올리며 마음을 다잡아야겠어요.

결국 이기는 건 긍정적인 사람이라는 걸. 결승선까지 긍정을 믿어야 한다는 걸.

돌아봐야만 알아차리는
소중함이 있다

어머니 아버지께서는 저를 가지기 위해 5년이라는 시간 동안 노력하셨다고 해요. 쉽게 아기가 생기지 않아서 고생을 많이 하셨다고 했죠. 전 이 사실에 대해 큰 감사를 느껴요. 우선 두 분께 금방 아기가 생겼다면 제가 이 세상에 태어나지 못했을 거라는 데 대한 감사, 두 번째는 힘든 와중에도 포기하지 않으신 그 마음에 대한 것이에요.

여러분에게도 분명히 이런 것들이 있을 거예요. 지금은 이미 자연스럽게 지나간 일이라 그저 당연하게 여기고 있는 일이요. 꼭 '나'라는 대상을 위한 것이 아닐지라도 감사함이 느껴지는 기억을 떠올려보세요. 저는 힘들 때마다 이런 생각을 꺼내곤 해요. 저는 절대로 매일매일 행복하고 긍정이 넘치는 사람이 아니에요. 그렇기에 이렇게 삶 속에 감사함이 묻어 있는 일들을 잊지 않고 자주 뒤적여요. 마음이 복잡하고 힘들 땐 더 많이요.

지나간 건 잊고 앞을 보는 것도 맞아요. 하지만 힘들 때는 당신이 얼마나 소중한 사람인지를 알려주는 기억을 봐주세요. 그땐 뒤돌아봐도 돼요. 이렇게 잠시 뒤를 보고 마음이 괜찮아지면 다시 앞으로 가봐야죠.

기분으로 기억할 수 있어야
잘 지낸 하루다

최근에 아이를 낳은 친구가 있어서 축하해줄 겸 잠깐 집 앞으로 갔어요. 역시나 많이 피곤해 보이더라고요. 축하한다는 말을 건네고 기분이 어떠냐고 물었어요. 그런데 초보 엄마 아빠라 모르는 게 너무 많고 육체적으로 힘들어서 기분을 잘 모르겠다고 하는 거예요. 자기 기분을 생각해볼 겨를이 없었다고요. "그래도 예쁜 아기가 있어서 행복하겠다"라고 격려하곤 헤어졌는데, 약간 마음이 이상하더라고요. '내 기분을 모른다'라는 말이 아프게 느껴졌어요. 자기의 기분조차 모를 정도로 정신없이 지내고 있다는 게 말이죠. 내 기분을 가장 잘 아는 건 나인데 그걸 모르겠다니. 그 정도로 육아에 전념하고 있다는 뜻이니 대견하고 멋지지만, 그만큼 힘듦이 크다는 뜻이겠지요.

여러분도 혹시 내 기분조차 헤아려보지 못하면서 살고 계시진 않나요? 바쁠 때는, 힘들 때는 그래도 된다고 생각하시진 않나요? 제 생각은 그렇지 않아요. 어떤 상황이라도 내 기분은 살펴주세요. 기분이 안 좋으면 원인을 찾으면 되고, 기분이 좋으면 현재 상태를 더 유지하면 되거든요.

내가 나를 알아주지 않으면 주변에서도 도움을 줄 수가 없어요. 나에게 가장 먼저 도움을 주어야 하는 건 '나'임을 잊지 마세요.

자존감이 채워지는
무탈한 하루 되세요

　여러분은 자존감이 뭐라고 생각하세요? 단순히 '나를 사랑하는 마음'이라고 알고 계시는 분이 많은 것 같아요. 저도 제대로 공부하기 전까진 그 정도인 줄로만 알았답니다.

　자존감에 대해 세부적으로 파헤쳐보면, 일단 세 가지로 구성되어 있어요. 첫 번째는 자기 효능감, 두 번째는 자기 조절감, 그리고 마지막으로 자기 안정감이에요.

　자기 효능감은 자신감이랑 비슷한 거예요. 내가 얼마나 능력이 있고 나의 모습이 마음에 드는지 그리고 그동안 해온 것들이 얼마나 자랑스러운지에 관한 자기 평가라고 할 수 있죠. 자기 조절감은 삶의 자유도인데요, 내가 어떤 상황이고 어떤 일을 하고 있는지와 상관없이 나라는 한 사람이 원하는 것들을 얼마나 많이 하고 있는지를 말하는 거예요. 세 번째로 자기 안정감은 오늘 나의 마음이 얼마나 편안한지, 나의 미래가 얼마나 안정적이라고 느끼는지를 말해요.

자, 이제 단단한 자존감을 만들어가는 과정을 알아볼까요? 먼저 자기 효능감에서 시작할게요. 아주 간단해요. 오늘 하루를 잘 살아내는 거예요. 스스로 만족감이 충만하도록, 보람까지 느껴지도록 오늘 해야 할 일을 잘 마치는 거죠. 하루를 내 마음에 꼭 들도록 보내면 기분이 좋아져요. 더 나아가 스스로가 좋아지죠. 그다음부터는 이런 날들을 자주 만들어내는 거예요. 하루를 그렇게 보냈다면 이젠 이틀, 일주일 그리고 한 달, 1년을 이렇게 보내보세요. 그러다 보면 자기 효능감이 차올라요. 매일 최선을 다해 지내다 보니 할 수 있는 것도 많아졌죠. 원했든 원하지 않았든 주변의 인정도 받고요. 전에는 안 될 것 같았던 것들이 가능해지죠. 바라만 봤던 것들이 손에 잡힐 듯하지요. 자기 효능감이 채워진 상태예요. 많은 날을 열심히 살아내며 스스로 만들어낸 근거 있는 자신감이죠. 이렇게 효능감을 채워나가면 자연스레 자기 안정감이 찾아와요.

그럴 때 있잖아요. 할 일은 모두 다 미뤄놓은 채 핸드폰만 하면서 게으르게 보내면 해가 질 때쯤 무척이나 불안해지죠. 그 반대를 만드는 거예요. 하루를 마음에 들게 보내면 잠들기 전 나를 위한 작은 사치의 시간을 보내도 마음이 편해요. 그리고 내일이 불안하지 않아요. 오늘처럼만 하면 되니까요. 오늘의 안정감을 만드는 일이 반복되면 걱정되고 어둡기만 했던 나의 미래가 조금씩 기대되기 시작해요. '이렇게 하면 기회가 오겠다, 내 힘으로 멋진 삶을 만들 수 있겠다'라는 확신이 들기 때문이에요.

자기 효능감과 자기 안정감이 만들어졌다고 가정해볼게요. 효능감은 오늘의 기둥이 되고 안정감은 미래의 기둥이 돼요. 그 오늘과 미래의 사이를 자기 조절감으로 채우는 거예요. 전에는 시간이 없어서 미뤘던 취미 생활을 해보거나, 금전적인 어려움 때문에 포기했던 여행을 떠나보거나, 이런저런 이유로 오랫동안 만나지 못한 내 사람들을 만나는 거지요. 할 일이 산더미인데 여유를 가지기는 어렵잖아요. 할 일은 그것대로 만족스럽게 마치고 미래에 대한 기대가 생기니 '진짜 내 삶'을 살아갈 욕구와 여유가 생기게 되는 거죠. 적당히 살면서 적당히 즐기는 날들이 아니라, 정말 내가 원하는 걸 마음껏 펼치는 삶을 살아가는 게 자존감의 완성이 되는 거예요.

저는 자존감에 대해 공부하며 중요한 메시지를 깨닫게 됐어요. 바로 자존감을 만드는 데 과거는 영향을 주지 못한다는 것이에요. 자기 효능감, 조절감, 안정감을 만드는 데 과거는 중요하지 않아요. 그동안 어떤 시간을 보내왔다 해도 상관없어요. 오늘부터만 시작하면 된다는 사실이 얼마나 반가웠는지 몰라요.

그저 오늘입니다. 이끌려가는 하루가 아니라 내 의지로 살아낸 하루를 만들어보세요. 한 번뿐인 인생, 하루하루가 매일 행복하시면 좋겠어요. 자존감을 만들어내세요. 자존감을 만들어낸다는 것은 내 삶의 진정한 주인이 된다는 뜻입니다.

좋은 사람이 되도록 노력하세요.
그러면 좋은 사람들을 만나게 될 테니까요.

현재에 집중하는 사람들은
후회하지 않는다

　오늘 양치질을 하다가 입안을 다쳤어요. 손이 미끄러지면서 칫솔로 잇몸을 치고 말았네요. 손은 양치질하고 있는데 머릿속으로는 곧 있을 강연 생각을 하다 보니 이런 실수를 했네요. 하루에도 몇 번씩, 평생 해온 양치질인데도 잠시 다른 생각을 했다고 이렇게 상처가 생기네요. 집중하지 않고 다른 생각을 하는 게 얼마나 위험한 일인지 새삼 깨달았어요. 상처가 난 와중에도 작은 교훈을 얻어요.

　고작 양치질 3분의 시간 동안 집중하지 못했을 뿐인데 이런 사고가 일어나는 걸 보니, 관계나 일 등 우리 삶에 중요한 크기를 차지하는 일들에 온전히 집중하는 게 얼마나 중요한지 생각해보게 되네요. 앞에 놓인 일에 모든 걸 쏟지 않고 다른 생각에 휩싸이면 꼭 실수가 생긴다는 걸 알았으니까요. 입안의 상처는 알아서 낫겠지만, 삶에서 큰 비중을 차지하고 있는 일은 회복이 꽤 오래 걸릴 수 있지요. 현재에 집중하며 살아간다면 나중에 후회할 일이 적어질 거라는 결론을 얻어요.

이따 저녁에 양치질할 때는 다친 곳 조심하면서 치아 하나하나 신경 쓰며 양치질해야겠습니다. 아무리 작은 일이라도 두 번 실수는 안 되지요.

꾸며낸 모습은
여운을 남기지 못한다

'그림 같다'라는 표현이 있어요. 우리가 이런 말을 쓸 때는 마음속에 남기고 싶을 정도로 예쁜 순간을 마주했을 때일 겁니다. 그런데 생각해보면 그 순간들이 아름다운 이유는 다름 아닌 자연스럽기 때문이에요.

제가 최근에 포착한 순간은 충주호에서였어요. 물이 흐르고 새가 날아다니고 바람도 조금 부는, 너무나 자연스러운 풍경이었지요. 그 모습을 마주한 순간 저도 모르게 그림 같다고 말하고 있더라고요. 그러고 보면 진짜 그림 앞에서는 이런 표현을 쓰지 않는 게 신기하네요. 오직 자연스러운 풍경 앞에서만 나오는 말이지요.

살면서 만나는 경험 중에 이런 게 있지요. 더 아름답게 보이려고, 더 극적으로 만들려고 이것저것 갖다 붙이면 오히려 부자연스러운 상황이요. 불필요하게 과장된 상황은 그저 난잡해보일 뿐입니다.

우리도 마찬가지예요. 누군가를 만났을 때 '내가 이 말을 하면 이렇게 보이겠지?' 혹은 '이렇게 행동하면 이런 사람으로 비치겠지?'라는 계산에서 비롯된 꾸며진 행동은 자연스러운 상태로 있어도 충분히 아름다운 내 모습을 해치게 됩니다. 그대로 있어도 돼요. 자연스럽게. 그 모습이 진짜 당신이고 당신 고유의 색상일 테니까요. 늘 그림 같이 아름다운 사람, 더 추가될 것 없이 완벽한 이의 본래의 색이죠.

옆도 보고 뒤도 보는
사람이 더 행복하다

정신이 풍요로운 사람일수록 가치 있는 것을 알아보는 힘이 강하다는 글을 봤어요. 하늘에 있는 구름이 예쁘다고 생각할 줄 알고 길가에 피어 있는 이름 모를 꽃을 눈에 담을 줄 아는, 그리고 나를 배려해주는 좋은 이들의 마음을 잘 알아차리는 사람을 말하는 것 아닐까요? 이 세 가지는 제 기준으로 적어보았는데, 독자님이 생각하시는 가치 있는 것에는 어떤 게 있을지 궁금하네요.

반면 큰 울림을 줄 정도로 아름다운 것 앞에서도 시큰둥한 사람이 있어요. 마음의 여유가 없으면 그럴 수 있지요. 정신의 풍요로움은 마음이 얼마나 넉넉하느냐에 따라 달렸어요. 우리가 길러야 할 실력은 경주마처럼 앞만 보고 달리는 기술이 아닌, 나와 내 주변을 차근히 둘러볼 줄 아는 능력이겠어요.

소소한 행복을 찾아보세요. 그럼 두 가지 면에서 더 행복해질 거예요. 놓칠 뻔한 즐거움을 발견해서 좋고, 그다음으로 풍요로운 정신 상태를 가졌다는 걸 확인하며 생기는 기쁨이 찾아오지요.

우리가 이유 없이
끌리는 사람들의 비밀

    '주변 사람들을 보면 그 사람을 알 수 있다'라는 말이 있어요. 비슷한 결이나 성격을 가진 사람끼리 자연스레 뭉치게 되는 것이 이치이지요. 아무리 억지를 써도 마음이 맞지 않으면 섞이기가 어렵고, 애쓰지 않아도 어차피 함께하게 될 사람은 자연스레 곁에 모이게 됩니다.

    당신이 어떤 사람인지, 지금까지 어떻게 살아왔는지를 객관적으로 알고 싶다면 주변을 둘러보세요. 당신 곁에는 분명히 매력적이고 배울 점이 넘치는 사람이 많이 있을 거예요. 그 뜻은 즉, 당신도 좋은 사람으로 잘 살아왔다는 말이지요. 다양한 부류의 사람들이 바쁘게 스쳐 지나가도 좋은 사람은 꼭 좋은 사람을 알아보고 꼭 곁에 남기게 된답니다. 결이 맞는 사람들은 서로 당기는 힘이 있거든요

　지금 여기, 당신 곁에 함께하고 있는 이들에게는 어떤 장점이 있나요? 오늘은 그런 좋은 사람들이 곁에 있다는 사실에 감사하는 마음을 가져보기를 권해요.

3장

아무 일이 없다는 건
아무 일이다

영화 같은 장면은
오늘도 지나간다

제가 호주에서 어학연수를 할 때의 이야기예요. 당시 살고 있던 집에서 걸어서 10분 거리에 오페라하우스가 있었어요. 지금은 일부러 유튜브 영상으로 찾아보기까지 하는 그런 아름다운 곳이 그렇게 가까이 있었는데, 당시에는 학교 복학 문제와 앞으로의 진로를 고민하느라 그 풍경이 눈에 잘 안 들어왔어요. 그래서 집에만 머물며 오페라하우스는 물론, 호주의 좋은 날씨도 즐기지 못했죠. 햇살을 만끽하며 러닝도 하고 분위기 좋은 카페에서 커피도 한잔했으면 좋았을 텐데 말이죠. 과거의 저는 참 바보 같았네요.

그렇게 어리석게 굴었던 이유는 마음의 여유가 없었기 때문이에요. 마음이 급하니 시야가 좁아졌죠. 어쩌면 매일 꿈처럼 행복하게 누릴 수 있는 호주에서의 생활이었는데, 그만 아쉽게 흘려보내고 말았지요. 그때 같이 지내던 친구가 저한테 그랬거든요. 세상의 모든 대학생은 다 우리와 똑같은 고민을 하고 있을 테니 혼자서만 너무 무겁게 생각하지 말라고 말이죠. 한국 가기 전까지 이곳에서의 생활을 즐기고 추억도 쌓는 게 도움 될 거라고요.

시간이 많이 지나고야 알았어요. 그 친구가 정말 성숙했다는 걸요. 친구의 값진 조언을 들었음에도 무거운 짐을 내려놓지 못했던 탓에 아쉬움이 배로 남는 것 같아요. '지나서야 좋은 순간인 줄 알았다'라는 말처럼, 우리는 지금도 많은 것을 놓치고 있는지 몰라요.

저처럼 후회가 남지 않도록 지나가기 전에 행복을 잡으시길 바라요. 꽉 붙잡으세요. 지나고 나면 다시 잘 오지 않더라고요.

참아내는 건 답답하지만
도움이 된다

　　가수 이적 님이 출연하신 한 유튜브 영상을 봤어요. 저는 평소 이적 님이 이성적이고 인내심이 많을 거라고 생각했는데, 영상에는 그 반대의 모습을 고백하는 진솔한 인터뷰가 담겨 있더라고요.

　　이적 님은 과거에는 상대방이 이해가 안 되면 즉각적으로 감정 섞인 반응을 하곤 했대요. 그러나 그런 습관은 반드시 후회를 불러오거나 큰 행복을 놓치게 만든다고 말씀하셨어요. 그래서 최근에는 아무리 부당하게 느껴지더라도 한 번은 잠깐 멈추고 생각하는 시간을 꼭 가진다고 해요. 제 성격도 비슷해서 공감이 되더라고요.

저도 요즘 많이 느끼는 건데요, 감정적인 반응을 바로 뱉어버리면 잠깐의 스트레스와 감정 해소에는 좋지만, 그 외의 것에는 모두 부정적인 영향을 끼쳐요. 정말로 부당한 일이라면 조용히 그리고 천천히 멀리하면 됩니다. 내가 굳이 나서지 않아도 알아서 사라지거나 해결되는 일도 있으니까요. 나의 소중한 에너지를 부정적인 일을 언급하는 데 사용하지 맙시다. 마음이 아까워요.

입에서 재빠른 불만이 튀어나오기 전에 일단 한번 망설여주세요. 그 망설임은 당신께 더 다채로운 선물로 돌아갑니다. 그 가치 있는 망설임은 당신을 더 성숙한 사람으로 만들어줄 거고요.

특별한 날보다 더 큰
지루한 날들의 가치

진주에서 강연하고 올라가는 길이었어요. 운 좋게 좌석마다 디스플레이가 있는 아주 좋은 버스에 올랐지요. 덕분에 쾌적하게 집에 갈 수 있었어요. 디스플레이 장치가 얼마나 잘되어 있던지, 도착지까지 남은 시간을 표시해주더라고요. 어느 정도 이동을 하고 50분 정도 남았다고 표시되었을 때, 갑자기 기사님께서 100킬로미터가 넘는 속도로 빠르게 운전하기 시작했어요. 조금 무섭기도 했지만, 집에 빨리 갈 생각에 들뜨기도 했죠. 도착하면 무엇을 할지 괜스레 계획을 세워보기도 했어요.

드디어 제가 사는 수원에 도착했어요. 얼마나 시간이 단축됐나 시계를 보니, 겨우 45분이 지난 뒤였습니다. 생각보다 일찍 도착할 줄 알았는데 큰 차이는 없더라고요. 딱 5분 줄어들었네요. 서두르지 않았어도 50분, 꽤 서둘렀는데도 45분입니다.

우리가 어떤 목표를 향해 달려나갈 때도 이런 상황과 비슷할 것 같아요. 이 악물고 애써서 하루에 해야 할 양을 초과해서 해낸다고 해도 도착 시간은 그리 다르지 않지요. 꼭 사용되어야 할 물리적인 시간이 존재하기 때문이에요. 그러니 욕심은 넣어두세요. 50분이 걸리는 거리를 20분 만에 갈 수는 없거든요. 정속으로 주행하셔도 목적지에는 닿습니다. 오히려 그동안 더 안전하고 탄탄하게 쌓인 기쁨이 가득할 거예요. 지루한 시간, 지루한 날들의 가치를 더 크게 여기시길 바라요. 성공의 기쁨은 특별한 날보다 그런 날들 속에 숨어 있는 법이거든요. 문제없이 예상 시간 안에 도착할 수 있습니다. 무리하지 않고 딱 오늘 할 일만 한다고 해도 말이에요.

웃으면서 할 수 있는 일과
그렇지 못한 일의 차이

눈치와 배려의 차이는 뭘까요?

어느 날, 동네에서 산책하다가 우연히 하교하는 초등학생 친구들을 봤어요. 아파트 단지 앞에 사거리 횡단보도가 있는데, 오후 두세 시면 하교하는 아이들로 분주해지거든요. 집에 가기 싫은지 천천히 걸으며 과자를 먹고 있는 아이가 눈에 띄었어요. 옆에 친구가 자기도 달라고 하네요. 해맑게 웃으며 "그래! 너 먹어"라고 말하곤 선뜻 과자를 내어주는 모습이 참 예뻐요.

순간 '저것이야말로 배려가 아닌가?' 하는 생각

이 들었어요. 강제성을 띤다거나 어떤 조건을 따지는 것이 아닌, 순수하게 자신의 마음이 내켜서 건네는 양보이자 호의니까요.

눈치라는 건 반대로 외압에 못 이기거나 마음이 편치 않기에 억지로 행하는 행동이라는 답이 나오네요. 나의 마음을 들여다보면 내가 지금 배려를 하는 중인지, 눈치를 보고 있는 건지 쉽게 알아차릴 수 있겠죠. 이런 방법으로 생각하면 '노력'과 '억지' 그리고 '이해'와 '희생'의 차이도 쉽게 정리가 됩니다.

집 앞 산책길, 아이들에게서 배운 인생의 귀한 가르침이네요. 역시 배움은 어디에나 있는 것 같아요.

부정적이면 어차피
나만 손해다

저는 부업으로 제 손 글씨로 글귀를 적어 굿즈를 제작하는 스마트 스토어를 운영 중이에요. 요리를 본업으로 하는 친구와 함께하고 있는데, 성격이 잘 맞아서 3년째 순항 중이지요.

저희가 직접 굿즈를 제작하기에는 여건이 안 돼서 제작 업체를 따로 두고 있답니다. 그런데 그쪽도 타 업체들과의 일정이 있기에 저희 쪽에서 맞춰달라고 부탁한 날짜가 밀릴 때가 있어요. 그럴 때면 저는 순간 얼굴이 붉어지고 한숨이 나오면서 큰일 났다는 불안감이 먼저 들어요. 일할 때만큼은 고객과의 약속 그리고 완성도에 까다로운 편이라 평정심을 유지하기가 어려워요. 업체에 대한 실망감과 이런 상황을 예견하여 더 미리 대책을 세우지 못한 스스로에 대한 원망이 뒤섞여요. 그리고 이런 감정에 잠식되어 즉시 수습에 나서기가 힘들죠.

　　그런데 동업자 친구는 저랑 생각 구조가 달라요. 자책하지도, 업체를 탓하지도 않고 그저 앞으로 어떻게 해야 할지만 생각해요. 저에게도 지나간 건 지나간 거고 앞으로의 일에 대해 좋게 생각하자고 말하곤 하죠. 무슨 일이 생겨도 표정에 변화가 없어서 가끔 로봇처럼 느껴진답니다.

　　저는 이 친구가 가진 장점을 가까이서 보며 참 많이 배웠어요. 한번은 맥주 한잔하며 물어봤어요. 일하다가 차질이 생겼을 때 스트레스받지 않느냐고요. 그랬더니 잘잘못을 따지는 건 순간의 감정이 시키는 것뿐이니 신경 쓰지 않아도 되고, 중요한 건 이제부터 어떻게 해야 할지 행동하는 것이라고 단호하게 답하더군요. 자기도 짜증이 날 때가 있지만 부정적이면 본인만 손해라고 해요.

이 말이 며칠 내내 머릿속에서 떠나지 않네요. "부정적이면 나만 손해다!" 맞는 말이죠. 물론 긍정을 찾기 어려울 때도 있지만, 부정적으로 생각하지는 말아요. 저는 독자님이 마음의 손해를 보는 게 싫으니까요.

나는 내 장례식에
웃으며 참석하고 싶다

요즈음 저희 어머니께서는 사회복지사 자격증을 따기 위해 공부하고 계세요. 온라인으로 수강하시는 걸 옆에서 보다가 노인 복지론의 '웰 다잉'에 관해 알게 됐어요. 웰 다잉의 개념은 죽음에 대해 단순히 두려워할 게 아니라, 사는 동안 잘 준비하여 존엄한 죽음을 만들어가는 거라고 해요. 한 번도 생각해보지 못했던 주제인데, 우연히 들려오는 강사님의 목소리에 저도 잠시 생각에 빠지고 말았어요. 그날 이후, 저는 죽음이라는 것은 누구도 피할 수 없으니 죽을 때 잘 살았다고 말할 수 있도록 지금을 열심히 살자고 결론 내렸어요.

그런데 '잘 산다'라는 건 대체 어떤 걸까요? 이 질문에 관한 정답을 말하긴 어렵지만, 저마다 기준을 정할 방법은 있을 것 같아요.

저는 우선 독서가 그런 기준을 정할 수 있게 해 준다고 봐요. 현재 나에게 주어진 환경에서 벗어나 좀 더 거시적으로 삶을 바라볼 수 있게 만들어주기 때문이죠. 주변 관계에서 도움을 받을 수도 있어요. 그래서 매일 만나는 사람만 만나지 않기를 권해요. 익숙한 동갑내기 친구들보다는 나보다 나이가 많거나, 어린 사람을 만나보는 게 좋겠죠. 내가 잘하고 싶은 분야에서 이미 성공했거나 배울 점이 있는 사람을 만나도 좋고요.

독자님은 웰 다잉에 대해 어떻게 생각하실지 궁금하네요. 독자님께서 내린 '잘 산다'의 정의도요. 죽음이라는 단어 앞에서 지금의 감사함과 희망을 찾아내셨으면 좋겠다는 작은 제 바람을 전해볼게요.

지나간 건 잊고 앞을 보는 것도 맞아요.
하지만 힘들 때는 당신이 얼마나 소중한 사람인지를
알려주는 기억을 봐주세요.
그땐 뒤돌아봐도 돼요.

마음의 코어가 단단해야
다시 일어날 수 있다

쓰러졌을 때 다시 일어서려면 어떻게 해야 할까요? 바로 무게 중심을 내부에 두는 거예요. 오뚝이를 보면 이해가 될 거예요. 그러나 중심이 외부에 있다면, 주도적으로 선택할 수 없게 되고 갈피를 잡지 못하게 돼요. 애인이나 배우자에게 중심이 있는 삶, 자식에게 중심이 있는 삶, 나라는 한 사람보다 나의 주변에서 일어나는 일에 더 중심이 있는 삶이 그렇겠지요. 어떤 중요한 일 앞에서도 중심을 나에게 두는 연습을 해야 해요. 그래야 일을 해결하는 주체가 될 수 있어요. 인생이 휘청일 만큼 끌려가서는 안 돼요.

그렇게 되면 무너지고 말 테니까요.

　　타인과 외부의 상황에 기대기보다 스스로 중심을 잡고 결정해나가는 하루를 사세요. 당신이 스스로 바로 서는 것이 가장 중요한 이유는 삶의 주인이 다름 아닌 당신이기 때문이에요. 물론 누구나 다시 쓰러지는 날이 있겠지만, 언제나 다시 일어설 의지와 긍정, 그리고 자신감이 함께하기를 바라요.

누구에게나 이로운
건강한 정신 승리

저는 중학교 때 신도시로 이사를 왔어요. 벌써 20여 년 전의 일이네요. 개발이 잘된 신도시다 보니, 주변에 부유한 친구들이 많았어요. 같이 쇼핑을 가면 저로서는 엄두도 나지 않는 가격의 옷과 신발을 턱턱 구매하더라고요. 하지만 저는 그게 부럽지는 않았어요. 주어진 상황이 다른 것을 인정했고, 그저 제 용돈이 허용하는 선에서 사고 싶은 걸 사곤 했지요.

나와 타인을 비교하면 끝도 없다는 걸 잘 아실 거예요. 금전적으로, 환경적으로 지금의 나보다 더 나은 사람만 찾아내어 비교하지 마세요. 당신에게 없는 것보다 주어진 좋은 것들을 많이 볼 줄 아는 연습을 했으면 좋겠어요. 빈 곳이 아닌, 채워진 곳이요. 전제 친구들처럼 값비싼 것을 턱턱 살 만큼 여유로운 환경은 아니었지만, 화목한 가족과 친척 사이에서 자랐어요. 이게 제가 가진 강력한 무기죠. 비록 아주 가끔이었지만, 가족과 함께했던 외식은 늘 즐거웠죠.

'정신 승리'라는 말이 있죠. 보통 부정적인 의미로 쓰이곤 하지만, 저는 그거 좋다고 봐요. 내 삶에서 빛나는 점들을 크게 바라볼 줄 아는 정신 승리는 단순히 긍정적인 마음보다도 몇 단계 위에 있는 건강한 마음이거든요. 무언가 허전하게 느껴질 땐, 이처럼 건강한 정신 승리를 해봐요. 눈앞에서 반짝이고 있는 행복들을 어렵지 않게 발견하게 될 테니까요.

내 잘못이 아닌 일에는
마음 쓰지 않는다

　　가까운 지인과 약속이 있어서 시간 맞춰 장소로 왔는데, 지인이 늦는다고 하네요. 매번 늦는 사람이라 지금까지는 그러려니 하며 넘어갔는데 그날은 유독 마음이 불편하더라고요. 오늘은 한마디를 할까 싶다가도, 그냥 이번까지만 이해해줄까 하는 생각도 들고요.

　　이렇게 굳은 표정으로 오래 고민하다 보니 기분이 점점 안 좋아졌는데, 곧 이런 생각이 들었어요. 상대방이 늦는다고 해서 짜증을 내면 그건 내 마음속만 어지러워질 뿐인데, 이게 나에게 도움이 되는 일일까? 하는 생각요. 시간도 뺏기고 스트레스까지 받는다면 나만 두 번 아픈 거잖아요. 심지어 나는 시간을 잘 맞춰와서 잘못한 게 하나도 없는데!

실수한 쪽은 상대방인데 아무 잘못 없는 내 마음이 상하면 안 되죠. 독자님도 누군가가 그릇된 행동을 한다면 '너의 잘못 때문에 내 기분을 망치지 않을 거야'라고 다짐하며 평온함을 유지하시길 바라요. 아, 물론 반대의 상황에는 꼭 정중히 사과하는 것 잊지 마시고요.

좋은 태도는 자석처럼

좋은 사람을 끌어당긴다

제가 운영하는 '떠나보시집'이라는 여행 프로그램이 있어요. 지원자를 모아 다 함께 여행하며 마음을 나누는 프로그램이죠. 이 프로그램을 진행하면서 정말 좋은 사람들을 많이 만나요. 사실 따로 신청자를 선별하거나 미리 대면하여 어떤 사람인지 알아보고 여행을 가는 게 아니라, 선착순 신청을 통해 동행자들이 정해지기 때문에 떠나는 날까지도 어떤 사람들이 올지 엄청나게 걱정돼요. 그런데 지금까지 16번 넘게 진행하면서 문제 있었던 적이 없고, 거짓말처럼 다 좋은 분들만 오셨어요. 시작 전에는 매번 불안해하지만, 매번 행복하게 여행을 마치지요.

한번은 여행 중에 참가자분들께 이런 질문을 던졌어요. "어떻게 이렇게 좋은 분들만 제 여행에 오실까요?" 그랬더니 한 분이 대수롭지 않다는 듯 대답하시더군요. "작가님이 좋은 사람이니까요." 오래전 일임에도 아직도 선명하게 떠오르네요. 이 일로 저는 두 가지를 다시 한번 느꼈어요.

하나, 사람 행복하게 만들기란 어렵지 않다. 진심 어린 따뜻한 말 한마디면 된다. 둘, 좋은 사람이 되도록 끊임없이 노력하자. 그러면 좋은 사람들을 만나게 될 테니까.

첫마디가
평소의 마음이다

　　사람들과 얼굴을 마주하면 서로 다양한 이야기가 오고 가지요. 저는 오랜만이든 처음이든 일로서든 사적으로든 만나는 상대방이 내뱉는 첫마디에 집중하곤 해요.

　　어떤 사람은 만나자마자 왜 장소를 여기로 잡았냐고 묻고, 어떤 사람은 웃으며 오랜만이라 반갑다고 해요. 어떤 사람은 왜 이렇게 늦는 멤버가 많냐며 불평하지요. 모처럼 좋은 식당에 갔을 때도 누구는 분위기가 좋다고 하고, 또 누구는 사람이 너무 많다고 투덜대요. 환기가 안 되는 것 같고 무언가 답답하다고 하는 이도 있지요.

내뱉는 첫마디가 그 사람의 마음입니다. 평소 어떤 생각을 가지고 사는지는 첫마디를 들으면 알아요. 긍정적인 사람인지 아닌지, 마음이 깊은 사람인지 아닌지 확인할 때는 상대방의 첫마디를 들어보세요. 좋은 것도 많은데 꼭 나쁜 것부터 말하는 사람이 있다면 머릿속에 부정적인 생각이 가득한 사람이겠죠. 반대로 어려움이 많지만 좋은 것부터 얘기한다면 평소 긍정을 가슴에 품고 주변에도 전할 줄 아는 사람일 거예요.

한번 물어보고 싶어요. 독자님은 보통 어떤 첫마디를 내뱉곤 하나요? 오늘 내뱉은 첫마디는 무엇이었나요?

타고난 재능을 이기는
단 하나의 필살기

책이나 SNS를 통해 저를 오래 보신 분들은 말씀하세요. 글이 전보다 좋아졌다고, 글씨체도 더 예뻐졌다고요. 정말 따듯한 칭찬입니다. 글이야 당연히 매일 좋은 글을 쓰고 싶지만 매번 주제도 다르고 메시지가 다르기에 어떤 게 더 좋다 비교할 수는 없는 부분이고, 손 글씨도 워낙 예쁘게 쓰시는 분들이 많아요. 심지어 더 예쁘게 다듬을 노력도 따로 하지 않았는데, 칭찬을 해주시니 감사할 따름이네요. 그저 10년 동안 솔직한 마음과 저의 가치관을 담아 써왔을 뿐이죠.

오랜 시간 열심히 하다 보니 제 능력이 조금씩 올라갔나 봅니다. 그런 말이 생각나네요. '재능보다 중요한 건 꾸준함이다.' 뭐든 꾸준하게 성실히 임한다면 잘한다는 말을 들을 수 있다는 사실이 꽤 반갑게 다가오네요.

좋아한다면 포기하지 마세요. 그저 꾸준하게 해오던 일을 계속하세요. 좋아하는 마음을 담아낸 그 시간이 당신을 잘하는 사람으로 만들어줄 테니까요.

우리는 상대방의
기분에 책임이 있다

　제가 자주 가는 모임이 있는데요, 그날도 그곳에 가는 날이었어요. 모임 참석자 중 한 사람의 지인 가게에서 만나기로 했는데 위치가 편리하진 않더라고요. 지하철역과도 가깝지 않아 버스로 두 번이나 이동해야 했죠.

　겨우 시간 맞춰 도착해 땀을 식히고 있었는데, 지방에서 오신 분이 10분을 지각했어요. 서울 버스를 자주 이용해보지 않아 헷갈리는 바람에 한 정거장을 더 가게 되었다는 게 이유였어요. 그런데 그분이 들어와 인사를 하자마자 다른 한 분이 큰소리로 비난하는 거예요. 변명은 됐고, 시간을 왜 안 지키냐는 짜증 섞인 한마디로 시작해서 조금 과격하게 말을 이어갔어요. 물론 시간 약속을 지키지 않은 건 명백한 잘못이지만, 아직 오지 않은 사람들도 있었고 미리 온 사람끼리 자유롭게 이야기하고 있어도 되는 자유로운 자리였는데도 말이에요. 여러 사람 앞에서 비난받은 그분은 표정이 굳어버렸고, 분위기도 급격히 얼어붙었습니다. 저 역시 즐거웠던 감정이 식어버렸고 아쉬운 마음이 들었어요.

갑자기 제가 강연하는 파트 중 하나인 '말 파트'가 생각나더라고요. 내가 하는 말과 내가 듣는 말의 중요성에 관한 강연인데, 소중한 누군가를 만날 때 나누는 첫마디, 첫인사가 그날 서로의 행복 감도와 만남의 분위기를 좌우한다는 메시지를 담고 있어요.

그날 모임은 제게 보통의 만족감을 주었어요. 멀리 지방에서부터 오신 그분은 아마 행복하지 않았을 것 같고요. 한 사람의 감정 섞인 태도가 나비효과처럼 여러 사람을 불편하게 했네요.

약속 시간에 늦는 상대방을 기다리는 일을 좋아하는 사람은 없겠죠. 하지만 첫마디부터 과했죠. 첫마디부터 부정적이었습니다. 이 상황을 바로 옆에서 지켜보며 나는 지금까지 누군가를 만날 때 어땠는지를 생각해보게 됐어요. 상대방이 보낼 하루의 기분을 어떻게 책임지고 있는지 말이죠.

나는 누구를 만나든
존댓말로 시작한다

제가 고등학생일 때의 일입니다. 집 앞에 자주 가던 중국집이 있었어요. 저는 수타면을 참 좋아하는데, 직접 수타면을 만드는 것도 볼 수 있고 맛도 좋은 집이었어요.

어느 날 저녁에 혼자 짜장면을 먹으러 갔는데, 제가 주문하니까 가게 주인분이 조금 멈칫하시더라고요. 조금 의아했지만 대수롭지 않게 생각했어요. 곧 짜장면이 나와서 맛을 보니, 면은 수타면이 맞는데 짜장에서 인스턴트 맛이 나는 거예요. 당연히 바로 알았지요. 저도 레토르트 식품으로 많이 먹어보기도 했으니까요. 사실 그렇지 않았어도 수제로 만든 게 아니라는 건 누구나 알 수 있었을 겁니다.

　　이래서 주문을 받을 때 잠깐 망설이신 거구나 하는 생각이 들면서 기분이 상해버렸어요. 기대했던 맛이 아니기에 거의 다 남길 수밖에 없었죠. 자리에서 일어나 계산대 앞에 섰는데, 그땐 어린 학생이라 불만을 얘기할 용기가 없어서 그냥 나왔습니다. 그 이후로는 그 가게에 가지 않았고요. 얼마 후 가게는 폐업했어요. 폐업에는 당연히 다른 여러 사정이 있었겠지만, 완성되지 않은 음식을 손님에게 내주는 주인의 판단이 쌓여서 그런 결과가 나온 거라는 생각이 들었어요. '모르겠지, 이번엔 괜찮겠지.' 하는 안일한 생각이, 그리고 표현하지는 않았지만 다수의 사람 안에 쌓인 불만이 커지면서 한순간에 거대한 폭풍으로 되돌아왔을 겁니다.

　　저도 만약 강연할 때 어린 학생들을 대상으로 한다고 해서 가벼이 생각하거나 소수의 청중이라고 건성으로 했다면 더는 기회가 주어지지 않았을 겁니다. 나쁜 소문이 빠르게 퍼져 강단에 설 기회를 앗아 갔을 테지요. 듣는 사람이 어리더라도, 단 한 명일지라도 똑같이 최선을 다해야 하지요. 말하지 않아도 상대방은 다 알아요. 그 순간은 쉽게 넘어간 것 같아도 얄팍한 수를 썼다는 사실은 사라지는 게 아닙니다. 그때부터 차곡차곡 쌓여 곧 후회로 돌아올 겁니다.

언젠가 아버지께서 해주신 말씀이 생각나네요.

"누구를 만나든 똑같은 마음으로 대하렴. 존댓말을 사용하며 존중해주는 거야. 그 사람이 대단한 사람이든 그렇지 않든. 대통령이든, 초등학생이든."

어둠을 보지 말고
어둠 속의 별을 보라

제가 호스트로서 독자님들을 모시고 함께하는 여행인 '떠나보시집'의 마지막 날 밤이었지요. 그동안 정말 행복한 시간이었어요. 100개 중의 99개가 좋았고 한 개 정도 아쉬운 일은 있었지만요. 그런데 아무래도 한 개의 속상함이 계속 마음에 걸리더라고요. 맥주 한잔하고 룸메이트 형에게 그 아쉬움에 대해 살짝 이야기했는데, 형이 그러는 거예요.

"좋은 것만. 대호야, 좋은 것만."

그 짧은 말이 제 가슴에 날아와 꽂혔어요. '좋은 것만'이라니. 맞아요. 좋은 것만 생각하면 되는 거였어요. 참 위로가 되더라고요. 안 그러려고 해도 무심결에 나쁜 것을 크게 보는 마음이 있었나 봅니다. 좋았던 건 그저 다행이라고 넘겨버리고, 마음에 차지 않는 것만 자꾸 곱씹고 있었어요. 그 말을 들은 순간부터 좋았던 99개를 하나씩 헤아리며 다시 행복을 머금었습니다.

인생은 감사하게도 힘든 일보다 좋은 일이 더 많은 것 같아요. 아무리 못해도 반반입니다. 그런데 우리는 몸과 마음이 지치면 더더욱 어두운 곳에 있는 아쉬움만 바라보곤 하지요. 그 잘못된 습관이 자기 자신을 괴롭히고 있지 않은지 한번 생각해보세요.

살면서 어려움이 단 한 번도 없을 수는 없겠지요. 그래도 이 말을 늘 떠올려보세요.

좋은 것만. 독자님, 좋은 것만요.

모든 말을
경청할 필요는 없다

2017년 즈음인 것 같아요. 온라인 시장을 꽤 잘 아는 분과 이야기할 기회가 있었는데요, 저한테 글을 써서 일할 수 있는 건 앞으로 한 1년 정도 본다고 하시더라고요. 선견지명이 있는 분이라는 건 알지만, 그건 너무 말이 안 된다고 생각했어요. 오히려 자극되어 더 열심히 글을 써야겠다고 다짐했던 순간이었죠. 그 후로는 당시에 대화를 나눴다는 것 자체를 묻어두고 살았어요.

작가 활동을 시작한 지 10년이 된 오늘, 괜스레 그분의 이야기를 다시 한번 떠올려보게 되네요. 재능보다 뛰어난 건 끈기라고 하지요. 당신이 무엇을 하든 부정적인 의견을 내는 사람이 있을 거예요. 원하지 않아도 들려오는 날카로운 말들 때문에 부정적인 기운에 휩싸이지 않게 노력하세요. 거창하게 '네 말이 틀린 걸 증명하겠다!'라는 다짐까진 하지 않으셔도 돼요. 그저 자신의 마음이 옳다고 생각하면 그 길을 쭉 가보시길 바랄게요.

모델 한혜진 님이 그러시더라고요. 내가 무언가를 하겠다고 하면 그걸 듣는 상대방의 마음에서 즉각적인 위기감이 들면서 이런 말을 하게 된대요. "그거 안 될 것 같은데? 별로 안 좋은 것 같은데?"라고요. 그런 말에 흔들리면 안 돼요. 가야 할 길이 실제로 어려워서가 아니라 그저 상대방의 무의식이 만들어낸 방해 같은 거니까요. 시간이 지나면 당신의 선택이 맞았다는 건 자연스럽게 알려지게 될 거거든요. 반드시 증명될 겁니다.

포기하는 것도 용기, 포기하지 않는 것도 용기

래요. 여러 상황으로 나중에 그만두게 되더라도, 그
것 또한 온전한 당신의 선택이어야 합니다. 그래야
또다시 시작할 수 있어요.

좋은 것은 변함이 없어요. 예쁜 구석을 찾으세요.

좋은 마음을 가진 사람은 분명히 좋은 날 와요.

4장

목표는 딱 어제의 나보다
아주 조금 나아지는 것, 그뿐

내가 나를 지키면
우주의 평화가 온다

건강하세요.

내가 없어도 세상은

잘 돌아가지만 나를 사랑하는

사람들의 세상은 오래도록

잘 돌아가지 않게 되거든요.

  기억도 못 할 만큼 예전에 메모해놓은 글귀인데, 오늘에서야 이렇게 글로 풀어보네요. 저는 마음이 힘들 때 유독 글이 잘 써져요. 나의 상황을 기준 삼아 어떤 글을 써야 힘든 사람에게 힘이 될까, 포기하고 싶은 누군가에게 도움이 될까에 대해 생각할 수 있기 때문이지요. 제 이야기가 담긴 글은 특히나 제 자신을 위로하기도 하는데, 이 글귀는 유독 더 제 마음에 닿네요.

세상에는 중요한 게 너무 많지만, 당신이 존재하지 않는다면 아무 의미가 없어요. 책임감 때문에, 욕심 때문에, 아니면 다짐 때문에 가장 중요한 나를 잃어가고 있지는 않으신가요.

당신이 없어도 세상은 잘 돌아가겠지만, 당신을 사랑하는 사람들의 세상은 오랜 시간 멈춰 있게 될 겁니다. 어른이 됐다면, 본인 스스로가 보호자가 되어주는 거예요. 누구보다 나를 잘 챙겨주세요. 무엇보다 꼭 건강하시고요.

별일에는 언제나
별수가 따른다

어느 날, 김용택 시인님의 강연을 듣게 되었어요. 시인님은 본인이 어떻게 선생님이 되었는지부터 현재 살고 계신 마을 이야기, 그리고 인문이 가지고 있는 힘에 관한 이야기를 전해주셨지요. 모든 내용이 다 좋았지만, 저는 시인님 어머니의 이야기가 가장 마음에 크게 남더라고요.

제가 강연을 들었을 당시 시인님 연세가 76세셨는데, 아직도 마음이 힘들 때가 있고 그럴 때면 어머니께 투정을 부린다고 하셨어요. "엄마, 너무 힘들어. 어려운 일이 많아"라고요. 그러면 어머니께서 그러신대요. "살다 보면 별의별 일 다 있다. 그래도 살아봐. 별수가 생기고 좋은 일도 있을 거야"라고. 그러면 시인님은 어머니의 말씀을 따라서 어려운 일, 속상한 일은 담아두지 말고 흘려보내야겠다, 그리고 다시 또 살아가야겠다고 마음먹게 된다고 하셨어요.

역시 경험에서 우러나오는 이야기는 간단한 말이어도 무게가 있어요. 이렇게 멋진 가치관을 가진 어머니의 아드님이라 사람을 울리는 글을 잘 쓰시나 봐요.

우리가 살아온 삶의 시간은 시인님께서 지나오신 시간, 더 나아가 시인님 어머니의 시간과는 비교도 되지 않지요. 하지만 우리에게도 어려운 일이 매일 있잖아요. 그럴 때는 별일 다 있는 게 인생이라고 인정하고, 긍정적인 기대를 갖고 앞을 바라봅시다. 내일은 좋은 일 있겠지요. 곧 생길 작은 행복 하나면 지금 지쳐 있는 마음을 모두 회복할 수 있겠지요.

이제는 생각이 많아지면
그냥 즐긴다

잠이 안 올 때 몸이 피곤한 것보다 더 힘든 건
잡다한 생각이 계속해서 떠오른다는 점인 것 같아요.
꼬리에 꼬리를 물고 계속해서 떠오르는 생각을 지켜
보고 있자면, 잠들고 싶어 하는 저를 방해하려 애를
쓰는 것 같죠. 이렇게 계속해서 떠오르는 생각을 쫓
아가는 건 마치 수백 개 서랍이 달린 거대한 벽이 있
는데 무작위로 이 서랍, 저 서랍을 열어보면서 거기
에 뭐가 들었는지 확인하는 일 같다는 상상을 한 적
이 있어요. 그 서랍 안에는 다양한 게 들어 있죠. 완
전히 잊고 있었던, 잊고 싶었던, 아니면 반대로 잊으

면 안 됐던 생각까지.

저는 직업 특성상 무의식이 열어보는 서랍 안의 다양한 내용을 만나는 것이 싫지만은 않아요. 그덕에 좋은 글을 쓰기도 하거든요. 그래서 자려고 누웠다가 생각이 떠오르면 일어나 메모하고, 다시 눕고 하는 일이 많습니다. 꼭 저에게만 해당하는 일은 아니겠지요. 독자님들이 가진 저마다의 서랍도 필요했던 영감을 얻게 하거나 꽉 막혀 있어서 답답했던 일의 해결 방안을 알려주기도 할 겁니다.

오랫동안 정리하지 않은 서랍에 손을 넣는 건 손이 더러워지는 번거로운 일이기도 하지만, 10년 된 추억의 우정 반지를 우연히 찾는 반가움을 선사하기도 해요. 잠들기 전 이 시간을 통해 생각지도 않았던 멋진 것을 발견하게 될 수도 있다는 말입니다. 삶의 이정표를 만들어주는 이 귀중한 시간을 핸드폰 보는 데 뺏기지 마시길 바라요.

때로는 잊고 싶은 순간이 든 서랍이 열리기도 하겠지만, 괜찮아요. 부끄러워하기보다는 배움과 반성의 시간으로 적당히 흘려보내면 되니까요. 그럴 수 있는 용기가 언제나 함께하기를, 좋은 기억이 담긴 서랍을 더 자주 만드는 나날 보내시기를 바랍니다.

마음 그릇의 모양이 예쁘면

다가온 행복은 더 멋진 모양으로 담기고,

때때로 맞닥뜨리는 어려움도 잘 담아낼 수 있을 거예요.

다음 버스는 언제나 온다

어느 날 친구랑 커피 한잔하고 헤어지려고 하는데, 로또 가게가 보이더라고요. 친구가 로또를 구매한다기에 저도 덩달아 5000원어치를 구매했어요. 복권을 사는 건 실로 몇 년 만에 있는 일이었지요. 저는 결제까지 다 끝났는데 친구가 시간이 좀 걸리길래 뭐 하나 봤더니, 미리 적어둔 번호를 하나씩 체크하고 있더라고요. 자기가 미리 정해놓은 여섯 개 번호 열 묶음이 있는데, 매번 이 번호로 로또를 구매한대요. 그걸 다시 맞춰보느라 시간이 그렇게 걸렸던 거예요.

가게를 나오면서 농담 삼아 제가 물어봤어요. "만약 다음 주에 로또를 못 샀는데, 네가 정한 그 번호가 1등 당첨이면 어떡할 거야?"라고요. 그런데 친구가 너무 아무렇지 않게 "그럼 번호 바꿔야지 뭐"라고 하는 거예요. 저는 질문을 하는 그 짧은 순간의 상상만으로도 1등을 놓친 것 같은 아쉬운 마음이 들었는데 말이죠. 너무도 간단하지만 어쩌면 가장 현명한 그 대답이 왠지 마음에 강하게 남았어요.

우리가 어떤 일이나 도전을 할 때 잘 안되는 경우도 많잖아요. 생각보다 금세 앞길이 막히기도 하고 예상하지 못했던 상황도 많이 벌어지는데, 저는 그럴 때 가끔 상황을 더욱 복잡하고 심각하게 만들곤 해요. 너무 생각이 많으니까 넓게 보지 못하고 매몰되어버리죠. 친구의 담백한 관점을 삶에서 벌어지는 어려운 상황에 대입해보자는 마음이 들어서 저 날의 느낌을 바로 메모해두었어요.

놓친 행운을 아쉬워하기보다는 그다음 기회를

위해 미련 없이 번호를 바꾸는 행동처럼, 지난 일에 자책하기보다는 어떻게 하면 다시 다가올 기회를 잡을 수 있을까 생각해보세요. 실패인 줄 알았는데 새로운 기회가 열리는 경우도 많고, 무엇보다 지나간 시간에 마음이 너무 오래 머물면 좋을 게 없거든요.

자책은 하지 말고, 후회는 짧게 하고, 새 길로 산뜻한 첫발을 딛으시기를.

따뜻함만큼은
아끼지 않아도 된다

짧은 회사 생활을 한 경험이 있어요. 당시 수십 명의 사람을 만났지만, 좋은 기억으로 남은 사람은 솔직히 몇 되지 않아요. 사람에 대한 평가는 주관적이고 저 또한 상대방의 기억에 좋지 않은 평가로 남을 수 있죠. 그래서 저는 좋지 않았던 경험은 오래 비난하기보다 그저 나는 저러지 말아야겠다는 감상 정도로 남기곤 해요.

좋은 기억으로 남은 소수의 사람 중에서도 유독 손꼽히는 분이 한 분 계세요. 그분을 A라고 칭해볼게요. A와는 팀이 달라서 처음에는 전혀 가깝지 않은 사이였어요. 얼굴 보면 밝게 인사하는 정도였죠. 저는 A와 같은 팀에 있는 형과 친해서 한 번씩 셋이 밥을 먹곤 했는데, 회사에 들어온 지 얼마 되지 않았을 무렵 고민이 많아져서 그 둘에게 몇 번 하소연했어요. 당시 나름대로 큰 기대를 받으며 입사 제안을 받고 온 상태라 부담이 컸거든요. 그럴 때마다 저보다 나이도 많고 경력도 많은 형과 A는 늘 제게 잘하고 있다고 다독여주었죠. 위로를 받는 것은 물론 앞으로의 방향성을 세울 수 있었던 그 식사는 저만의 힐링캠프였고, 회사 생활을 견디게 하는 유일한 버팀목이 되어주었어요.

입사한 지 1년 가까운 시간이 지났을 무렵, 저는 여러 고민 끝에 퇴사를 결심했어요. 회사 내부의 여러 상황도 있었지만, 전업 작가로서 성공하겠다는 강한 목표가 생겼기 때문이었죠. 대표님은 별말 없이 제 사직서를 받아주셨어요. 다행이다 싶은 마음과 씁쓸한 마음이 섞여 복잡했죠. 마지막 날, 짐을 챙겨 집에 와서 한숨 돌리고 있는데 문자가 하나 왔어요. A에게서 온 것이었죠.

"대호 씨. 그동안 고생 많았어요. 앞으로는 함께 일할 수 없음에 아쉽지만, 언젠가 또 만나기를 기다리고 있을게요. 대호 씨 덕분에 우리 회사가 더 풍요로워졌다고 생각해요. 대호 씨의 존재는 큰 의미가 있었어요. 대호 씨는 예술가니까 앞으로 회사 밖에서 더 다채로운 활동을 하실 수 있을 거예요. 언제나 지켜보며 응원할게요. 고마웠어요. 힘내세요!"

캡처해두기 참 잘했습니다. 이 메시지는 정확히 2015년 11월 3일, 오후 10시 13분에 도착했습니다. 2015년 이후로 핸드폰을 세 번은 더 바꾼 것 같은데 메시지를 캡처한 화면은 아직도 사진첩 가장 위에 자리하고 있어요. 다른 사진들은 정리해도 소중한 마음이 담긴 이 문자는 결코 지울 수 없네요. 10년여가 지난 지금도 저에게 위로를 주고 있으니까요. 앞으로도 그럴 거고요.

　　이 문자를 받고 눈물 날 정도로 좋았어요. 풋내기일 뿐이었던 저를 예술가라는 멋진 단어로 불러준데 뭉클한 감사를 느꼈고, 진솔하게 건네는 응원과 위로에 그간의 고생을 단숨에 보상받는 기분을 느꼈죠. 어떻게 짧은 문장에 이 모든 걸 담았을까요? 그리고 이런 생각이 들었어요. '사람과의 관계가 이렇게 따뜻할 수 있구나, 말이라는 걸 이렇게 멋지게 할 수도 있는 거구나, 말의 힘이라는 게 삶에 너무도 큰 부분이구나, 나도 누군가에게 이런 사람이 되고 싶다, 회사에서 보낸 시간이 헛되진 않았구나.'

　　이 짧은 문자 하나가 작가로서 어떤 글을 쓰고 어떤 영향력을 끼치고 싶은지에 관한 길을 정해주었어요. 안타깝게도 지금은 연락이 끊겼지만, A를 다시 만나게 된다면 눈을 맞추고 지금까지의 이 모든 이야기를 해주고 싶네요. 그리고 정말로 고마웠다고 말하며 맛있는 커피를 대접하고 싶어요.

　　한 번의 인생이라는 짧게 주어지는 시간을 내

주변에 있는 사람들에게 좋은 것을 나누고 예쁜 말을 건네는 데 써야겠다는 다짐을 굳게 해봅니다. 작은 일에도 오래도록 행복해하시고 잠깐 스친 인연에도 충분한 따스함을 주세요. 저도 독자님도 앞으로 계속 이런 마음으로 살아가면 좋겠습니다.

우리 모두 따뜻함은 아껴두지 말고 표현하는 건 어떨까요? 조금 새어보낸 그 따스한 온기가 언제 어딘가의 누군가를 오래도록 살게 할 수도 있으니 말이에요. 문자 하나에 아직도 고마워하는 저처럼요.

내 장래 희망이
되어주는 사람

저는 일이 생각한 대로 되지 않을 때면 감정이 요동치곤 해요. 저를 믿고 강연이나 여행에 참여한 사람들을 실망하게 하는 건 제가 가장 두려워하는 일이죠. 그래서 그와 관련해 계획에 차질이 생길 때마다 평정심을 자주 잃어버리곤 해요. 그래서 인내심과 평정심이 특출난 사람을 보면 신기하기도 하고, 대단하다는 생각이 들어요. 늘 마음속으로 그런 사람을 높게 평가하곤 하죠. 제 주변에도 그런 인물이 몇 명이 있어요. 그중 이야기하고 싶은 사람은 '떠나보시집' 여행 업무를 함께하는 분인데, 사석에서는 친한 친구 같은 사이죠. 물론 일할 때는 깍듯하게 PD님이라는 존칭을 쓰지만요.

한 번이라도 여행을 떠나봤다면 아실 거예요. 계획대로 되지 않는 일의 연속이라는 걸. 혼자 떠나는 여행길에서도 숙소 위치를 한 번에 못 찾거나, 봐뒀던 식당이 갑자기 문을 닫거나 하는 갖가지 예상하지 못한 사건이 펼쳐지곤 하죠. 그러니 해외에서 20명이 넘는 사람을 이끈다는 건 더욱 보통 일이 아닙니다.

한번은 다 같이 예약해둔 식당에 갔습니다. 시간에 맞춰 도착했는데, 갑자기 식당 측에서 예약이 안 되어 있다고 하더라고요. 그러면 조금 기다렸다가 먹을 수 있냐고 물어보니, 애초에 식당 수용 인원이 15명밖에 안 된다는 답이 돌아왔어요. 저희는 24명인데 말이죠. 예약할 당시부터 소통 중에 무언가 꼬였던 모양입니다. 관계자끼리 회의를 통해 음식을 포장으로 받고 버스 기사님께는 양해를 구해서 이동하며 식사를 하는 것으로 결정했어요. 감사하게도 참가자 모두 동의해주셨죠.

저는 사실 이 과정에서 정신력이 흔들렸어요. 요동쳤던 마음은 문제가 완전히 해결됨과 동시에 다행히 잔잔해졌지만, '앞으로 또 이런 일이 반복되면 안 되는데…' 하는 걱정이 들었죠. 불안한 마음을 애써 누르며 PD님은 괜찮으신지 살폈는데, 저와는 다르게 문제가 터졌을 때부터 원만하게 해결이 된 순간까지 표정이나 말투의 변화가 전혀 없더라고요. 속으로 생각했어요.

'완전 프로다! 이 사람, 멋진 면이 있네.'

세상에 PD님처럼 언제나 한결같고 평정심 넘치는 사람만 있으면 좋겠지만, 그렇지 않은 사람을 만날 때가 더 많죠. 저처럼 예상치 못한 상황을 마주하면 불안감에 압도되는 사람도 많고, 심지어 앞뒤가 다른 사람도 있지요. 몇몇 이는 상황이 좋을 때나 본인이 부탁을 해야 하는 상황에서는 상냥하지만, 끝을 낼 때나 이제는 아쉬운 게 없을 때 본래의 차가운 모습이 나오기도 해요. 진짜 성격은 문제가 생겼을 때 나와요. 이런 모습까지 확인해야 큰 그림을 계획하고 함께할 만한 사람인지 판단하게 되죠. 그래서 결혼하기 전에도 힘든 일도 겪어보고 사계절을 함께 보내보라고 하나 봐요. 그 사람이 마음속 깊숙이 지니고 있는 태도와 사고방식까지 알아야 하니까요.

예기치 못한 어려움 앞에서도 늘 같은 표정과 말투를 유지하는 사람들을 오래 가까이 두고 싶다는 생각을 해봐요. 저도 배워보고, 이 장점을 닮아보고 싶어서요. 독자님 주변에도 닮고 싶은 사람이 있나요? 어쩌면 다름 아닌 독자님이 그런 멋진 사람인지도 모르겠네요.

작은 일은
작은 감정으로 대하라

　　짜증이나 화내는 감정은 무조건 절제하는 것이 좋아요. 여러 이유가 있지만, 그중 하나는 이런 감정은 단계가 모호하기 때문이에요. 짜증에도 단계가 있는데 쉽게 짜증을 내버리는 것이 습관이 되면 1단계, 2단계를 건너뛰고 3단계의 짜증을 내고 말 테니까요. 3단계의 짜증은 나와 대립하고 있는 상대방을 향해서도 즉각적인 효과를 줄 수 있고, 나 역시 감정을 절제하는 에너지를 사용하지 않아도 되죠. 하지만 이런 습관이 지속되면 결국 '좋은 사람의 모습'과는 멀어지는 거란 생각이 드네요.

하지만 저 또한 나쁜 감정을 조절하지 못하고 단계를 훌쩍 건너뛸 때가 많아요. 특히 운전할 때 자주 답답하고 화나는 감정이 생기죠. 최근에도 욱하는 감정이 올라온 적이 있어요. 퇴근하던 길이었는데, 매번 다니는 도로라 편안한 마음으로 운전하고 있었죠. 늘 하던 대로 안전하게 방향지시등을 켜고 차선을 바꾸었는데, 뒤에 트럭이 갑자기 상향등을 반복적으로 번쩍거리고 경적을 울리는 거예요. 기분이 확 나빠졌어요. 억울하기도 하고 짜증도 나고요. 그러다 얼마 전 우연히 이런 글을 보게 되었어요. 보자마자 그날의 나에게 이야기해주고 싶다고 생각했습니다.

"작은 일은 작은 감정으로 대하라."

매일 도로를 오가다보면 어떤 날은 앞에 있는 차가 늦게 가기도 하고, 어떤 날은 뒤차가 경적을 울리기도 하지요. 이런 일은 언제든 생길 수 있습니다. 순간적으로 기분이 상할 수는 있지만, 결코 큰일은 아니라는 것을 우리는 사실 잘 알고 있어요. 작은 일에는 꼭 그 크기에 적당한 감정의 양을 쏟는 사람이 되고 싶다는 생각을 해봅니다. 남이 했든 내가 했든 작은 실수에는 작은 감정으로, 작은 후회도 가벼운 무게로 대하기를 바라요. 작은 일에 큰 감정으로 대하다보면 쉽게 지쳐버리고 말테니까요. 기억하세요. 작은 일에는 작은 감정으로.

건강하세요.
내가 없어도 세상은 잘 돌아가지만
나를 사랑하는 사람들의 세상은
오래도록 잘 돌아가지 않게 되거든요.

내 맘 같지 않은 세상에
웃으며 대처하는 법

저는 손 글씨로 쓴 글귀를 사진과 영상으로 직접 촬영하여 SNS에 포스팅하고 있어요. 핸드폰이나 컴퓨터로 편하게 써 올리면 좋겠지만, 제 글이 조금 더 따스함을 지닌 상태로 독자님들의 마음에 가닿기를 원해서요.

글은 제가 미리 준비하는 것이니 내용은 변할 게 없는데, 영상이나 사진은 그날의 환경이 큰 영향을 미칩니다. 예쁜 결과물을 얻으려면 바람과 햇살의 도움이 필요해요. 같은 글이어도 바람이 살랑살랑 불어주고 너무 강하지 않은 햇살이 비춰준다면 훨씬 감성이 실린 결과물이 나오거든요. 그래서 날씨가 좋으면 얼른 글을 쓰고 포스팅할 준비를 하곤 하죠.

그런데 어떤 날은 바람이 너무 강해서 글을 써 붙인 종이가 떨어져나갈 때도 있고 어떤 날은 햇빛이 너무 강해서 글씨가 안 보일 때도 있어요. 허탕 치고 오는 날도 잦아서 제 마음에 드는 정도의 환경이 조성되고 멋진 완성품이 만들어질 때면 감사하다는 생각까지 듭니다.

세상일도 그런 것 같아요. 내 힘으로 다 해낼 수 없는 상황이 많지요. 동료가 일정을 잘 지켜줘야 일이 제대로 마무리되고, 회의를 할 때도 나의 의도가 잘 전달되고 상대방도 나랑 마음이 같아야 만족스러운 결과가 만들어지는 것처럼요. 그러니 뭐든 혼자 하려고만 하지 마세요. 너무 애쓰지 말라는 뜻입니다. 독자님의 능력을 의심하는 게 아니에요. 제가 글을 촬영할 때 바람과 햇살이 그러는 것처럼, 때로는 당신이 딱 원하는 순간에 주변의 상황이 도와주지 못

166
167

해 필요한 완성품을 얻지 못할 수 있거든요. 그건 우리의 잘못이 아니잖아요. 그다음을 기다리면 되는 것뿐입니다.

저는 상황이 안 좋으면 하루이틀을 더 기다리면서 글을 곱씹다가 더 좋은 단어를 떠올리기도 하고, 글을 촬영하기에 더 분위기 있는 벽을 발견하기도 해요. 독자님도 뒤로 밀려난 시간 덕분에 더 알맞은 방법과 수정할 부분을 찾게 될 거예요. 실패라고 생각했지만, 더 큰 운이 생기기도 하는 법이지요.

물론, 부지런히 살아가야죠. 내가 할 수 있는 것은 제때 해야 합니다. 그렇지만 그 외 요인들이 정확히 시간을 지켜서 나타나지 않을 수도 있어요. 이럴 때 느긋한 마음을 유지했으면 좋겠습니다. 조금 늦은 대신, 다시 없을 만큼 마음에 드는 결과물이 나오게 될 거예요. 그러니 너무 걱정하시거나 스트레스받지 말기로 해요.

친구는 셋이면 충분하다

저는 친구가 많은 편이에요. 아니, 많은 편이었어요. 친구가 제 삶을 차지하는 비중이 일부를 넘어 거의 전부였던 시절도 있었죠. 그때는 "친구는 셋이면 된다"라는 옛말이 틀렸다고 생각했어요.

한동네에서 살면서 10년 넘게 본 동생 J의 이야기를 해볼게요. 그의 친구는 단 두 명이랍니다. 고등학생 때부터 대학 생활을 지나 모두 결혼한 지금까지 부부 동반으로도 종종 만나는 친구들이지요.

10년 전의 저는 J를 보며 조금 문제가 있는 것은 아닌지 걱정했어요. 인맥을 넓히지 않고 두 명의 친구만 만나도 괜찮은 건지 의문이 들었지요. 다양한 사람과 친구를 맺고 생각을 교류하는 게 성장에 필요하다고 생각했어요. 젊은 시절에 특히 더 그래야 한다고 여겼지요. 인맥을 넓혀가는 구체적인 목적이 없어도요.

10년이 지난 현재, 주위를 둘러보면 관계에 있어 J만큼 편안해 보이는 사람은 없답니다. 친구들과 잘 지내고 가족과 충분히 시간을 보내며 남는 시간에는 좋아하는 취미를 즐기는 J의 모습은 참 안정되어 보여요.

저로 말할 것 같으면, 고등학생 시절부터 친구가 정말 많았답니다. 같은 반 친구는 물론 다른 반에도 아는 아이들이 많았죠. 이후에도 대학 시절 사귄 친구들은 물론 군 시절 선·후임, 또 호주 어학연수에서 만난 형·동생, 회사 동료 모임까지 수많은 사람을 만나며 지냈지요. 물론 지금도 대부분 모임은 유지 중이고 만나면 마음도 잘 맞고 즐겁습니다.

하지만 한 번씩, 모든 모임에서 시간을 보내는 게 버겁다는 생각이 들곤 합니다. 특히 연말·연초가 되면 시간의 물리적 한계 때문에 모임에 참석하지 못하는 경우도 비일비재해졌죠. 처음에는 다섯 개 중 네 개 모임만, 그리고 1년 뒤에는 네 개 중 세 개만, 그다음 해에는 세 개 중 두 개만 나가는 등 계속해서 줄일 수밖에 없었어요. 그러다 보니 친구들이 제게 서운함을 표현하기 시작했고, 저 역시 미안한 마음이 커졌습니다. 체력적으로도 시간적으로도 여유가 넘쳤던 20대에는 소화할 수 있었던 모임의 양이 30대부터 부담이 되어가더라고요. 아무리 나이가 들어도 인간관계는 점점 더 어려운 숙제처럼 다가왔고, 이런 과정에서 자책도 많이 하게 되었어요.

일련의 문제를 거쳐오며, 저는 여러 사람 중 내 곁에 남겨야 하는 사람과 그렇지 않은 사람을 구분하는 과정을 겪게 되었습니다. 쉽지 않은 여정이었죠. 여전히 끝나지 않았기도 하고요. 그런데 J의 경우를 보면, 그런 과정을 거칠 필요가 없었습니다. 애초에 친구가 두 명밖에 없었으니까요. 의도한 건지는 모르겠지만, 처음부터 평생 지켜야 할 사람들만 곁에 품은 것 같아요.

현명한 사람은 무리를 만들지 않고 남에게 휩쓸리지 않는다고 합니다. 저의 지난 시간을 돌아보면 만나는 사람의 양이 많았던 만큼 좋은 사람도 많이 알 수 있었지만, 그만큼 관계의 어려움을 겪어야 했어요. 다수의 사람보다 소수의 사람과 더 깊은 관계를 만드는 방법도 있었다는 걸 조금 더 어렸을 때 알았으면 어땠을까 하는 생각을 해보게 됩니다.

관계를 맺는 데는 신중함이 필요합니다. 인간관계에서 오는 어려움은 내가 과거에 만들었던 관계 때문에 발생하니까요.

나이를 먹어가면서
관계가 좁아지는 게 아니라
좋은 사람들만 남는 겁니다.

나이를 먹어가면서 인맥이 줄어가는 것을 아쉬워하지 마세요. 마음을 편안하게 해주는 좋은 사람들과 함께 나이 들어간다면, 그것보다 좋은 게 또 있을까요?

행복은 하나도 어렵지 않은
숨은 그림 찾기

"오랜만에 친한 친구들을 보는 자리입니다. 주차할 곳이 마땅치 않아서 겨우겨우 차를 대고 식당으로 들어갑니다. 10분 정도 늦고 말았네요. 그런데 모두가 나를 질타하기는커녕 웃으며 반가운 인사를 건넵니다."

"오늘은 중요한 발표가 있는 날입니다. 긴장한 탓인지 어젯밤 잠을 설치고 말았네요. 출근을 준비하는데 유독 이것저것 챙길 것도 많네요. 겨우 집을 나섰는데, 지금 전속력으로 뛰어야 지하철 시간이 겨우

맞습니다. 개찰구에서 카드를 찍고 부리나케 달려갔습니다. 다행히 지하철이 전 역에서 1분 정도 지연돼서 지하철에 탈 수 있었어요!"

"오랜만에 치킨을 먹고 싶어서 주문했어요. 배달 앱에 '문 앞에 음식을 두고 노크해주세요'라는 메모를 남겼습니다. 20분 뒤 노크가 들리고 문을 여니음식이 와 있습니다. 복도가 꺾여져 있어 보이지는 않지만, 멀리 엘리베이터 쪽에 인기척이 느껴져요. 그쪽을 향해 인사합니다. "감사합니다. 기사님." 기사님께서 대답합니다. "네, 맛있게 드세요!"

"미팅을 마친 뒤, 차를 타고 집으로 가고 있습니다. 아직 다섯 시 반밖에 되지 않았는데 도로에 차가많네요. 신호에도 계속 걸리고 있어요. 집에 빨리 가고 싶은데, 조바심이 납니다. 한숨을 쉬며 하늘을 봤는데 분홍색, 보라색 그리고 파란색이 섞인 예쁜 구름이 가득해요. 말로 표현할 수 없을 정도로 아름다워요. 서프라이즈 선물을 받은 기분이네요."

"오늘은 아침부터 눈이 많이 내렸어요. 오랜만에 눈을 밟으며 겨울을 느껴볼까 싶어 짧은 산책에 나서봅니다. 누군가가 벌써 눈사람을 만들어놓았네요. 아이들은 부모님이 끌어주는 썰매를 타기도 하고, 눈싸움도 하고 있습니다. 천진난만한 아이들의 웃음소리가 골목에 가득 퍼지고 있어요. 어쩐지 저도 웃게 되는군요."

"주말에 집에만 있기가 아쉬워서 책을 챙겨 밖으로 나왔습니다. 정해둔 목적지는 없어요. 문득 지나가다 간판만 보았던 카페에 가봐야겠다는 생각이 들어서 기억을 더듬어 길을 찾아봤어요. 1층에서 주문을 하고 2층으로 올라갑니다. 고택을 개조해서 만든 카페라 분위기도 따뜻하고 특유의 나무 냄새도 좋네요. 무엇보다 커피가 정말 맛있습니다. 인생 커피를 만난 것 같아요."

이 여섯 가지 짧은 상황은 특별할 것 없이 누구에게나 존재하는 순간입니다. 독자님도 비슷한 경험이 한 번쯤은 있을 거예요.

이 짧은 이야기들의 공통점을 더 짧은 한 단어로 말하면 곧 '행복'입니다. 이 무탈함이 행복인 거죠. 행복은 늘 우리 곁에 존재하고 있어요. 우리에게 필요한 건, 그것을 알아채는 마음뿐이죠.

세상에 아프면서
해내야 하는 일은 없다

저는 스스로 나름대로 마음 건강을 잘 챙기고 있다고 생각해왔어요. 그러나 2024년 겨울, 그렇지 않다는 걸 깨닫게 되었죠. 서울에서 모임을 앞둔 어느 날이었어요. 몇 개월 전부터 예정되어 있던 약속이었죠. 그런데 그 모임 다음 날 오전에 강연을 해줄 수 있냐는 섭외 연락을 받게 되었어요. 모임이 있는 날에서 2주 전이었으니 준비할 시간도 충분했기에 제안을 수락했어요. 모임에는 얼굴만 비추고 얼른 집으로 와야겠다는 생각이 들었죠.

모임 당일이 되었고, 술을 먹지 않겠다는 다짐

으로 차를 운전해서 서울로 갔습니다. 금요일 저녁이니 당연히 막히겠다 싶었지만, 상상 이상으로 차가 많더라고요. 이럴 일을 고려해서 일찍 나왔기에 약속 시간은 맞출 수 있는 상황이었는데, 이상하게 명치 쪽이 답답한 겁니다. 창문을 열어도 음악을 틀어도 갑갑했어요.

저는 지난 8년간 강연 전날에 개인 일정을 잡지 않았어요. 저만의 원칙이었죠. 전날에는 무조건 집에서 강연 준비를 마무리하며 차분히 시간을 보내다 일찍 잠에 들곤 했어요. 그날 결과적으로 모임도 잘 다녀오고 다음 날 강연도 잘 해냈습니다만, 이제는 강연을 앞두고 개인 일정을 소화하는 일은 절대로 하지 않겠다고 다짐했습니다. 이번처럼 컨디션 난조로 인해 강연을 망칠 일이 생길까 두려워졌기 때문이지요.

이 일이 있고 며칠 뒤, 제 손 글씨로 글과 숫자를 디자인해서 제작하는 달력을 판매하는 날이었어요. 오픈 준비도 일찍 마쳤고 SNS에 어떻게 홍보할지 사진도 문구도 다 준비해놓았는데, 달력 박스가 도착하지 않는 거예요. 심지어 먼저 배송받은 스티커는 인쇄 불량이었죠. 더 큰 문제는 업체 측 실수인데도 제가 다시 업체로 배송해야 확인을 한 뒤 정상 제품을 보내준다고 하더라고요. 답답한 마음에 여기저기 수소문해보니, 저 같은 사업자들 사이에서 꽤 악명 높은 업체였어요.

전화와 메일로 수없이 문의한 뒤에 약속한 기간을 넘겨 모두 배송받을 수 있었고, 그렇게 겨우 달력 판매를 시작했습니다. 그런데 제품 특성상 시기가 중요해서 연말에만 판매가 가능한데, 저의 실수가 아닌 이유로 오픈 기간이 일주일이나 밀리게 되니 또 명치가 뜨거워지는 거예요. 1년을 내내 준비한 건데…. 억울하기도 하고 화도 났습니다.

달력에 대한 일을 처리하고 있는 그 주에 또 제가 주최하는 여행 프로그램을 오픈할 일이 있었어요. 이 역시 항공권 구매와 인원 모객을 위한 충분한 시간이 필요하기에 미리 일정을 짜둔 사안이었죠. 가까운 나라도 아니고, 무려 아이슬란드로 떠나는 거였어요. 현지 가이드팀과 시차를 맞춰 화상회의도 자주하고 메일도 참 많이 주고받았습니다.

그렇게 기대를 품고 프로그램을 오픈했는데, 반응이 저조했어요. 홍보가 부족했나 싶어서 여러 차례 게시글을 올려봐도 주목받지 못했습니다. 프로그램을 실행할 최소 인원이 나오지 않아서 결국 포기하기로 마음먹었습니다. 그런데 그러는 동안 홍보 게시글을 올릴 때마다 너무 떨리고 명치가 갑갑해지고 힘들더라고요. 현재까지 신청자가 몇 명인지 알려주는 연락을 받을 때도 명치가 아팠습니다.

스스로 준비를 잘 마쳤다고 생각했는데, 통제 불가능한 상황에 자꾸만 휩쓸리게 되니 불안감이 일었습니다. 밤마다 걱정에 뒤척였죠. 겨우 잠들고 나면 악몽이 반복되고 잠이 깨면 숨이 잘 쉬어지지 않는 나날이 계속되었습니다.

다행히도 이 증상은 오래가지 않았어요. 컨디션이 썩 좋지는 않았지만 강연도 잘 마쳤고, 달력도 일단 오픈하고 나니 많은 사람의 사랑을 받았고, 여행 프로그램은 여행사와의 회의를 통해 잘 정리했습니다. 불안이 사라지니 예전의 저로 돌아갈 수 있었습니다. 잘 먹고 잘 자고 좋은 생각도 많이 했던 원래의 저로요.

감히 정신적인 고통 속에 계신 분들을 이해한다고는 못합니다. 그런데 극심한 스트레스 때문에 달라지는 나 자신을 보고 있자니 뭔가 잘못돼도 크게 잘못됐다는 마음이 일었어요. 그 상태에서 헤어나오려고 노력했고, 지금도 다시 돌아가지 않으려고 노력 중입니다.

지금은 불안하지 않습니다. 좀 더 정확하게 말하면, 불안하지 않으려고 하지요. 정신적·신체적으로 갑갑하고 힘들었던 시간을 통해 일상에서 마음을 비우고 채워나가는 게 얼마나 중요한지 배웠거든요. 확실히 알게 되었습니다. 불안하지만 않다면 행복입니다. 그래서 지금은 정말 행복합니다. 진부하게 들릴 수도 있지만, 꼭 전하고 싶은 메시지입니다. 우리는 이 당연한 것을 자꾸 잊어버립니다. 그래서 좋은 말을 듣고 좋은 생각을 하고 좋은 책을 읽어야 하는 것입니다. 나쁜 생각은 비우고 계속 좋은 것들로 채워나가야 합니다.

지금 정신적 그리고 신체적으로 아픔을 겪고 있으시다면 얼른 나아지시길 진심으로 바랍니다. 놓을 건 놓고 평온함을 누리는 삶이 오기를 바랍니다. 아직 이런 아픔을 경험하지 않은 분들이라면 늘 지금처럼 괜찮기를 바라고요. 제가 아끼는 사람이 저와 같은 상황에 놓인다면 너무 마음이 아플 것 같아요. 꼭 말씀드리고 싶습니다. 지금도 충분히 좋습니다. 내가 아파야 하면서 해내야 할 일은 세상에 없습니다. 그런 건 안 해도 되는 겁니다.

오늘도 저는 스스로에게 말합니다.

"더 가지려 하지 말자.

이기려고 하지 말자.

더 대단하지 않아도 된다."

작은 일에도 오래도록 행복할 수 있기를.

잠깐 스친 인연에도 충분한 따스함을 주는

여유가 함께하기를.

하지 않았던 선택은
상상하지도 말 것

　　살다 보면 수많은 선택의 갈래를 만나게 되지요. 작든 크든 그 선택이 시작점이 되어 뻗어나가 인생 자체를 바꾸기도 합니다. 그렇기에 우리는 어떤 일이든 신중하게 선택하려 하죠. 그런데 어떤 사람들은 신중함이 지나쳐 선택 자체를 미루거나 포기하기도 해요. 어떤 이는 잘못된 선택을 한 것 같다는 자책 속에 긴 시간을 살기도 하지요.

　　선택에 관한 제 경험을 이야기해주고 싶어요. 저는 작가 일을 시작한 이후 다양한 제안을 받았어요. '제법 많은 돈을 줄 테니 SNS 계정 자체를 개인 작가 최대호가 아니라 도서 홍보 플랫폼 형식으로 바꿔보는 건 어떠냐', '계정을 판매하고 우리 회사에 들어오는 건 어떠냐', '영화 시나리오를 함께 써보자' 등등 모두 감사한 제안이었죠. 그러나 이 제안을 수락했다면 지금의 제가 없을 수도 있습니다. 이 책이 나오지 않았을 가능성이 더 크지요.

20대 철없고 경험 없던 저는 처음부터 전업 작가로 살아야겠다고는 생각하지 못했습니다. 그때그때 결정을 내리며 살다 보니 지금의 길이 만들어진 거지요. 내가 할 수 있는 것에 집중하다 보니, 자연스레 목표가 생기더라고요. '뭐가 되든 내 이름 걸고 작가로 성공하자'라고.

늘 옳은 선택만 했다고는 생각하지 않아요. 어떤 선택은 되돌릴 수 없지요. 시간이 지나면서 내 판단이 틀린 건 아닌지 하는 생각도 자주 들곤 하지요. 그럴 때면 '이거 말고 다른 걸 선택했다고 지금보다 더 대단한 인생 되지 않는다'라며 억지로 스스로 다

독였습니다. 그저 그때그때 주어진 일에 열심히 임하는 데 집중했어요. 주변에서 그리고 내 마음 깊숙한 곳에서 잘못된 선택이라고 웅성웅성할 때일지라도, 그냥 '틀리긴 했어도 대단히 틀리지는 않았다'라는 말만 들을 수 있도록 하자고 마음먹었죠.

특히 후회되는 일 하나를 꼽자면 SNS 시작 초기에 더 자주 글을 올리지 않은 것이에요. 하지만 그때로 돌아가도 제 성격상 그렇게 하기에는 어려웠을 것이라 생각해요. 다른 선택을 했다면 지금보다 조금 더 잘될 수는 있었겠지만, 현재의 모습도 만족합니다. 만족하는 정도가 아니라 과분하고 행복하다고 생각합니다.

법륜스님의 말씀 하나를 소개하고 싶어요.

"결혼할지 혼자 살지 고민할 게 아니다. 결혼하기로 했다면 결혼 생활이 행복하게끔 노력해야 하고, 혼자 살기로 했다면 혼자 지내는 날들을 행복하게 만드는 데 최선을 다해야 한다."

스님의 남다른 통찰력이 느껴지는 말입니다. 이 말씀을 듣고, 어려운 선택을 앞두고 잠도 못 자고 밥도 잘 못 먹으며 걱정하던 제 과거의 여러 모습이 초라하게 보였습니다. 선택이 중요한 게 아닙니다. 이 선택을 어떻게 내 것으로 만들 수 있을지 애쓰는 모습이 훨씬 더 중요하지요. 이런 시간을 겪으면 결국 그 선택은 나를 옳은 방향으로 데려가는 것 같아요. 독자님도 선택하시기 전에 신중하되 과도하게 긴 시간 고민하지 마세요. 또 '나중에 보기에 이게 틀린 선택이면 어떡하지?'라는 생각은 더더욱 하지 마세요.

결정하는 지금 이 순간, 그 판단은 옳습니다. 나중에 보니 틀렸다면 그건 미래의 기준으로 틀린 것이지 지금으로서는 절대 그렇지 않아요. 마음이 간다면 그것이야말로 정답입니다.

법륜스님의 말씀처럼 내가 하지 않은 선택보다는, 내가 택한 소중한 결정만을 바라보고 최선을 다하시면 후회는 없을 겁니다. 스스로의 힘으로 늘 옳은 과정을 만들어가시길 바랄게요.

좋은 말이 씨가 된다

얼마 전 알게 된 동생이 한 명 있어요. 처음 만난 자리에서 대화 도중에 글 읽는 걸 좋아한다는 얘기를 들어서 속으로 잘 통하겠다 싶어 내심 반가웠죠. 그런데 갑자기 저한테 그러는 거예요.

"형, 멋있어요. 저도 형처럼 살고 싶어요."

당시엔 민망한 마음에 손사래만 쳤는데, 동생의 그 뜬금없는 고백이 집에 가면서도, 그다음 날에도 생각이 나더라고요. 기분이 좋았어요. 그냥 인사치레로 건넨 말이라는 건 알면서도 말이에요.

　　그날 하루 제 모습이 겉으로 보기엔 아주 조금 멋져 보였을지는 몰라도, 저의 어두운 부분을 다 알고 있는 저로서는 '나처럼 살면 힘들 텐데'라는 생각이 들기도 했어요. 그래도 살면서 이렇게 힘껏 빛나는 말을 들어볼 기회가 몇 번이나 될까요. 위로하고자 건넨 말이 아니어도, 이렇게 누군가의 며칠을 토닥여주는 말이 또 어디 있을까요. 자주 볼 수는 없는 동생이지만 말 한마디에 좋은 색안경이 씌워졌어요. 좋은 사람을 또 이렇게 곁에 두게 되어 기쁘네요.

　　전에는 '부정적인 말이 긍정적인 말보다 전파력이 강하다'라고 생각했어요. 저뿐 아니라 그렇게 생각하는 사람들이 많은 듯해요. '말이 씨가 된다'라는 속담도 있잖아요. 이 속담은 긍정적인 뜻으로 쓰이지 않아요. '좋은 말이 씨가 된다'라는 의미가 아니라 부정적인 말을 뱉으면 그것이 씨앗이 되어 큰 불행을 불러올 수 있으니 말을 조심하라는 뜻으로 쓰이죠.

그런데 요즘 들어 긍정이 부정보다 강하다는 생각이 들어요. 긍정적인 응원과 칭찬, 격려에는 용기를 내게 하고 새로 나아가게 하는 힘이 담겨 있어요. 부정은 이런 강력한 긍정 앞에서는 힘을 잃기 쉬워요.

특히 칭찬에 인색한 우리나라 사람 특성상, 잘한 건 그냥 넘어가지요. 그냥 당연히 잘해야 하는 거라는 식으로요. 그렇지만 못한 것에 대해서는 바로 질책하고 좋지 않은 말은 아끼지 않아요. 일상을 살아가면서 좋지 않은 말을 자주 들을지라도, 그것에 집중하지 마세요. 작은 칭찬 하나에 치유되는 데 집중하세요. 긍정은 강해요. 긍정은 빈도가 높지 않더라도 높은 농도를 가지고 있다는 걸 알 수 있지요.

긍정의 또 다른 특징은 그것을 믿는 사람에게 더 큰 힘을 발휘한다는 거예요. 말이 가진 치유의 힘을 믿지 않았던 과거의 저에겐 그 에너지가 전달되지 않았지만, 지금은 눈을 보며 살짝 웃으며 건네는 아침 인사 하나가 상대방의 하루를 시작부터 끝까지 좋은 방향으로 이끈다는 걸 알아요. 좋은 것은 좋은 마음을 가진 사람을 좋아합니다. 지금 긍정을 믿는 분이라면 잘 느끼고 계실 거예요. 그 반대로 부정적인 말이 더 귀에 잘 들어오고 아직도 부정적인 언어를 사용하며 따뜻한 말에도 마음의 위안을 얻지 못하신다면, 더 많은 긍정의 글을 읽을 기회와 좋은 사람들이 주변에 많아지기를 빌겠습니다. 한없이 부정적이기만 했던 저도 긍정을 믿으며 변했어요. 독자님은 저보다 더 쉬우실 겁니다. 좋은 것은 결국 좋은 목적지로 이끌게 되어 있어요.

나를 알아가는 일에는
아끼지 마라

저에겐 4살 차이가 나는 여동생이 있어요. 제가 오빠이기도 하고 나이 차이가 적은 편은 아니다 보니 어릴 때부터 양보를 많이 해왔어요. 아버지께서는 늘 오빠이니 그렇게 해야 한다고 교육하셨죠. 선물도 동생이 먼저 골랐고 가장 맛있는 과일도 동생이 먼저 먹었습니다. 쇼핑을 가도 저는 저렴한 걸 고르고 동생은 저보다 좋은 옷을 샀어요. 어릴 적에는 부모님의 말씀에 따라 늘 그래왔는데 사회생활을 하게 되고 혼자 살다 보니 용돈을 받아 쓰던 과거와 비교해서 경제적인 여유가 생겼어요. 양보하지 않아도 되는 자유도 찾아왔죠. 이제서야 눈치 보지 않고 정말 내가 원하는 것을 할 수 있게 되었죠. 쇼핑도 많이 하고 먹고 싶은 것도 다 사 먹고 운동도 전문적으로 해보고 싶어서 PT도 받아봤어요. 시간이 생기면 여행도 다녔고요. 물론 이런 경험들이 매번 행복한 건 아니었어요. 외적인 모습을 위한 무분별한 투자에 허무함도 느껴봤고 특별한 목적 없이 갔던 여행지에서는 즐겁지 않고 오히려 외로워서 집에 가고 싶다고 생각한 적도 있고요.

어린 동생을 위한 부모님의 교육을 원망하진 않습니다. 그 덕에 꾸준히 둘이 여행을 다닐 정도로 둘도 없이 가까운 사이로 자랐죠. 여전히 동생 생일에는 큰 선물을 해주고 제 생일에는 축하만 받아도 행복하고 고맙습니다.

제가 하고 싶은 이야기는 선택권이 없는 어린 시절 말고, 성인이 되어 선택의 자유가 생기면 '나를 위한 물질적·정서적 소비'를 해보라는 거예요. 억누르고 살다 보면 행복감이 줄어드는 것은 당연하고 내가 무엇을 좋아하고 싫어하는지 알 수가 없습니다. 옛말에 나쁜 경험도 좋은 경험도 다 해보라는 말이 있잖아요. 직접 경험해보지 않고는 절대 알 수가 없거든요.

직접 겪어보면 남의 말이 나의 경험과는 아예 다른 경우가 많아요. 혼자 여행도 가보고 단체 여행도 가보세요. 마음이 끌리는 특이한 취미 활동도 해보세요. 좋은 옷도, 빈티지 옷도 입어보세요. 누구에게나 똑같이 주어지는 인생의 시간에서 다양한 경험은 '가치 판단'을 만들어주거든요.

어떤 사람은 술을 마시는 데 큰돈을 쓰고, 어떤 사람은 여행에 그만큼의 돈을 지불해요. 누가 맞고 틀리고는 없습니다. 중요한 것은 술 마시는 것과 여행 두 가지를 다 경험한 뒤에야 "난 술이 더 좋아"라고 판단해야 한다는 것이죠. 제 주변에도 경험이 한쪽으로만 치우친 사람들이 있습니다. 취미가 없는 사람에게 운동 한번 배워보는 게 어떠냐고 물으면 자기랑 안 맞을 것 같다고 합니다. 그러면서 취미를 만들고 싶대요. 그럼 자신과 맞는 게 어떤 거냐고 물으면 맞는 걸 모르겠대요.

강연에서도 "제가 좋아하는 게 뭔지 모르겠어요. 어떡하죠?"라는 질문이 많이 들어옵니다. 그때마다 전 먼저 판단하지 말고 관심이 생기면 무슨 일이든 겪어보라고 합니다. 제가 아무리 설명하며 제가 좋아하는 것을 추천해도 그건 제 가치 판단이고, 그 사람에게 맞지 않을 가능성이 51퍼센트니까요.

꼭 큰돈과 긴 시간을 들이지 않아도 지금 할 수 있는 경험을 하면 나와 맞는 것, 맞지 않는 것을 선별해나갈 수 있어요. 시도해봤는데 잘 맞지 않는다면 그건 낭비한 시간이 아니라 '나를 알아간 시간'을 보낸 겁니다. 그리고 나와 잘 맞는 것을 발견하면 '단순한 소비'가 아니라 '좋은 투자'가 되는 거고요.

인생을 일인칭 주인공 시점으로 살아가며, 나를

알아가고 가치 판단의 정확한 기준을 만드세요. 그리고 그 기준에 부합하는 소소하고 때로는 거대한 행복을 만들어가야 합니다. 나중에 나이를 먹고 거동도 어려워졌을 때 내 결정으로 겪지 않은 경험은 후회가 남지 않을 테지만 '못 해본 경험'이 많다면 아쉬울 거예요.

당신이 주인공인 이 삶에서 겪는 앞으로의 도전이 마음속 비어 있는 퍼즐의 모양과 딱 맞는 조각이기를 바라요. 그렇게 하나씩 채워나가다가 몇 발자국 뒤에서 지난 길을 돌아봤을 때 하나의 멋진 작품이 완성되길.

심심할 때면 그냥
심심해해도 된다

어느 날, 이탈리아 출신의 방송인 알베르토 몬디 님이 나오는 짧은 영상을 우연히 보게 되었어요. 아들과 함께 있는 영상이었는데, 이런 대화가 오가더라고요.

"아빠가 유튜브 못 보게 해서 서운해?"

"가끔 서운해."

"유튜브 보는 게 나쁜 건 아니지만, 세상에는 볼 게 더 많아. 더 아름다운 것들이 많아."

"알겠어. 그런데 심심할 때는 어떡해?"

"심심할 때면 그냥 심심해해도 돼. 심심해야 무언가를 하게 되고, 그러다 좋아하는 걸 찾게 되는 법이거든."

아이에게 유튜브 영상을 보여주지 않고 대화와 독서, 그리고 산책을 통해 세상에 자연스럽게 존재하는 멋진 것들을 살펴야 한다고 가르치는 알베르토 님의 교육이 대단하다고 느꼈어요. 무엇보다 인상 깊었던 것은 심심할 때는 심심해하며 평소 관심이 있던 것이든 아니면 그저 지금 눈에 띄는 것이든 시도해보며 경험하고, 그렇게 좋아하는 것을 찾게 된다는 이야기였어요. 큰 공감이 되었지요.

제가 글을 쓰기 시작한 것도 심심해서였어요. 경영학과에서 식품공학과로 대학 편입을 한 뒤, 물리와 화학 전공 시간에 도저히 수업이 이해가 안 돼서 맨 뒷자리에서 전공책 귀퉁이에 손 글씨로 솔직한 이야기를 적어나갔어요. 그것을 SNS에 우연히 올렸고,

그 덕분에 작가가 될 수 있었죠.

제가 편입을 하지 않았다면, 전공 수업을 잘 이해했다면 글을 쓰지 않았을 거예요. 편입 전에 다니던 학교에서는 친구도 많았고 과 선후배들이랑 모두 친해서 심심할 겨를이 없었고, 전공 수업도 딱히 어렵지 않아 집중해서 필기하느라 글을 쓸 시간조차 없었을 테니까요.

이렇게 심심한 시간이 저를 작가로 만들어주었네요. 그런데 요즈음에는 조금만 시간이 나면 바로 핸드폰을 꺼내 짧은 영상들을 계속해서 넘기며 시간을 보내곤 해요. 한의원에서 선생님께 마음 상담을 받았을 때도 대중교통을 이용할 때 핸드폰을 꺼내지 말고 잠시라도 호흡에 집중해보고 창밖의 일상적이고 편안한 풍경을 지켜보는 것이 마음의 안정에 큰 도움이 된다는 말씀을 들었어요. 최근 저의 모습을 보면 반성할 게 많네요. 이 글을 쓰면서 다짐해봐요. 심심할 때가 오면 그저 심심하게 보내겠노라고.

심심하다는 건 여유롭다는 거예요. 아무것도 하지 않아도 되는 여유가 생겼다는 뜻이지요. 생산적이지 않아도 되고 집중하지 않아도 되는 시간이지요. 앞으로 심심해지면 눈앞에 있는 사람들을 바라보고 오늘 하늘이 어떤가도 한번 보고 또 머릿속에 흩뿌려져 있는 생각도 가볍게 정리해보면 어떨까요? 독자님이 좋아하는 걸 찾게 해주고 일상의 진정한 쉼표가 되어주는 귀중한 심심함의 시간을 싸구려 도파민으로 뒤덮지 않기를 바라요. 늘 바쁘게 돌아가는 일상에서 심심함이라는 여백이 독자님에게 숨 쉴 틈을 주었으면 좋겠습니다.

친절하면 결국 나에게 좋다

지금은 친절이 가지고 있는 힘을 알고 있지만, 불과 몇 년 전까지만 해도 저는 그렇게 친절한 사람은 아니었어요. 따뜻한 친절을 직접 받아보며 '아, 친절은 참 기분 좋은 일이구나'라고 생각할 경험도 많지 않았죠. 그래서 낯선 사람에게 친절을 베풀고 배려하는 걸 오지랖 같다고 생각한 적도 있어요. 누군가 제게 과도한 친절을 베풀면 부담스럽고 오히려 불편했죠.

2016년, 미국과 유럽을 여행했어요. 그런데 그

곳 사람들은 양보와 친절이 몸에 배어 있는 것 같더라고요. 몇 번의 경험이 있어요.

어떤 사람이 크고 무거운 문을 열고 밖으로 나가고 있었어요. 저는 적어도 5미터 정도 뒤에 있었는데 문을 잡고 웃으며 제가 올 때까지 기다려주더라고요. 한번은 이런 일도 있었어요. 엘리베이터에 제가 먼저 타 있었고 한 사람이 뒤이어 탑승했는데, 그분이 먼저 웃으며 가벼운 인사를 건네주시더라고요. 그리고 1층에 도착해서 문이 열리니 열림 버튼을 누르며 먼저 내리라고 해주었어요.

사소한 친절이었지만, 받는 즉시 행복해졌어요. 친절을 주는 그 사람도 얼굴에 밝은 웃음이 있었고, 받는 저 역시 같은 웃음을 짓게 되더라고요. 특히 아침에 이런 친절을 받게 될 때면 그날 하루의 기분이 예쁘게 물들었어요. '마음의 여유'라는 말이 정확히 어떤 뜻인지 이해할 수 있었죠.

한국에 돌아오자, 제가 받았던 친절을 다시 주

고 싶어졌어요. 그래서 제가 나눌 수 있는 친절과 여유를 스치는 낯선 사람들에게 전해주려고 노력했죠. 5미터까지는 아니어도 2미터 정도 뒤에 사람이 있으면 문을 잡아주고, 좁은 공간에서 많은 사람이 내리고 탈 때는 다른 사람이 먼저 내릴 수 있도록 기다리기도 했어요.

최근에 있었던 일인데요, 북해도 출장을 다녀오던 날이었어요. 저는 비행기 창가 자리에 앉았어요. 그런데 옆에 앉은 사람이 창가 쪽을 찍고 싶어 하는 것 같더라고요. 자다 깨기를 반복하던 중이어서 무시하고 다시 눈을 붙이고 싶은 마음이 굴뚝 같았지만, 제게 방해가 될까 봐 팔을 구부리고 본인 좌석에서만 찍는 모습이 마음에 밟혔어요. "편하게 찍으셔도 돼요"라고 말하고 비행기 창문 사진이 잘 나올 수 있도록 몸을 피해주었어요. 연신 고맙다고 말하며 즐겁게 사진을 찍는 모습을 보고, 제 마음에도 작은 긍정이 차올랐어요. 상대방이 원하는 대로 할 수 있도록 먼저 다가가 한마디 건넨 것뿐인데, 이상하리만큼 제 기분이 좋아졌죠.

     좋은 생각을 하면 좋은 말로 이어져요. 좋은 말을 하면 내 기분도, 듣는 사람 기분도 좋아지죠. 좋은 마음을 지니고 좋은 것을 나누면 그것이 곧 좋은 사람입니다. 내가 친절을 베풀었다고 해서 상대방이 만족할지까지는 정확히 알 수는 없어요. 그저 가늠할 뿐이죠. 그러나 제 마음은 알아요. 제가 기쁘고 행복해졌다는 것은 느낄 수 있죠. 그러니 긍정을 건네는 일은 먼저 나에게 좋은 일이에요. 무리할 필요는 없어요. 여유가 되는 선에서 사소한 것만 나누어도 긍정적인 따스함이 차오르죠. 행복을 자주 느낀다면 그게 행복한 사람이랍니다. 충만한 삶은 작은 습관에 달렸습니다.

오해 없이 다정함이 오가는 시간이 더 많아지기를.

나 자신과도, 타인과의 사이에서도 말이에요.

좋은 일이 거울에 보이는 것보다 가까이 있음

제가 생각하는 저의 장점은 행복의 문턱이 낮다는 거예요. 사소한 사건에도 금세 행복해지고, 남들이 대수로이 여기지 않는 일상 속 상황도 오래 곱씹으며 기쁨을 느끼곤 하지요. 왜 그럴까 생각해보니, 살아오면서 느껴본 불행과 좌절이 많아서 그 문턱이 낮아진 것 같기도 해요. 어쨌거나 지금의 저는 아주 자주 행복합니다. 쉽게 만족하고 기뻐하는 제가 좋아요.

제 책을 읽은 독자님도 자주 행복하시기를 바랍니다. 하지만 행복의 문턱이 낮은 이유가 저와 같은 것은 아니었으면 좋겠어요. 과거보다 비교적 행복해진 거 말고, 어제도 오늘도 내일도 행복하시길 바랍니다.

책을 쓰고 나면 매번 바보 같은 걱정 하나가 듭니다. '다음 책에는 무슨 이야기를 쓰지?' 같은 생각이죠. 한 권의 책을 낼 때마다 수개월에 걸친 제 인생의 모든 이야기를 써내기 때문입니다. 다음을 위해 남기거나 아낄 여유가 늘 없었죠. 그런데 이번은 그런 걱정보다는 후련함이 큽니다. 어느 때보다 솔직했고, 어느 때보다 쏟아부었으니까요. 어쩌면 다음이 있을 거라는 생각 자체를 버려서 그런 것 같기도 합니다. 늘 미래를 걱정하는 제게 아버지가 해주셨던 말씀도 기억나네요.

"다음번 기회는 지금이 만드는 거야."

'다음번엔 어쩌지? 내일은 어쩌지?'라는 생각 대신, '오늘을 행복하게 지내자!'라는 마음으로 썼습니다. 그래서 이렇게 개운하고 좋은가 봐요. 하루하루 소풍을 즐기듯 살아가야겠다는 또 하나의 깨달음을 얻습니다.

누군가 제게 이 책을 한 마디로 정의해보라고 한다면, 저는 '간단한 마음의 처방전'이라고 답하겠습니다. 테니스를 즐기는 저는 자주 발목과 허리가 아픕니다. 병원에 가보면 의사 선생님은 간단한 물리치료를 하고 진통제를 주며 며칠 쉬면서 회복하라고 합니다. 섣불리 수술대에 오르라고 하지 않지요. 이처럼 저는 이 책을 읽는 독자님께 지금까지 살아온 방법 자체를 변경하라거나 살아가는 환경을 완전히 바꾸라는, 마치 큰 수술을 하라는 처방 같은 메시지를 드리고 싶지 않습니다. 그저 현실적이고 사소하지만, 정확한 처방이 되었으면 하는 마음이죠. 아프면 쉬고, 힘들면 다른 거 해봐도 돼요. 작은 진통제 한 알은 하루쯤은 버틸 수 있게 해주지요. 이 책이 오늘 밤과 내일 아침을 밝게 비추는, 종이로 만든 조그마한 알약이 되길 바랍니다.

이 책을 마무리하기 전날에 쓴 짧은 글이 있어요.

"당신을 만나서 행운입니다. 당신도 나를 만난 일이 행운이면 좋겠습니다."

고마운 독자님께 전하고 싶은 말입니다. 이 책을 만난 일이 행운이기를, 더 나아가 행복이 되기를 바랍니다.

좋은 것만, 오직 좋은 것만

초판 1쇄 발행 2025년 2월 26일
초판 2쇄 발행 2025년 3월 19일

지은이 최대호
펴낸이 김선준

편집이사 서선행
책임편집 문주영 **편집2팀** 배윤주 **디자인** 김예은
마케팅팀 권두리, 이진규, 신동빈
홍보팀 조아란, 장태수, 이은정, 권희, 박미정, 조문정, 이건희, 박지훈, 송수연
경영관리팀 송현주, 윤이경, 정수연

펴낸곳 ㈜콘텐츠그룹 포레스트
출판등록 2021년 4월 16일 제2021-000079호
주소 서울시 영등포구 여의대로 108 파크원타워1 28층
전화 02)332-5855 **팩스** 070)4170-4865
홈페이지 www.forestbooks.co.kr
종이 ㈜월드페이퍼 **출력·인쇄·후가공·제본** 한영문화사

ISBN 979-11-94530-08-4 (03810)

㈜콘텐츠그룹 포레스트는 독자 여러분의 책에 관한 아이디어와 원고 투고를 기다리고
있습니다. 책 출간을 원하시는 분은 이메일 writer@forestbooks.co.kr로 간단한 개요
와 취지, 연락처 등을 보내주세요. '독자의 꿈이 이뤄지는 숲, 포레스트'에서 작가의 꿈을
이루세요.